KB162674

독서토론 수업의 길라잡이

독서토론과 문학치유

독서토론 수업의 길라잡이

독서토론과 문학치유

박경자

역락

머리말

독서는 지적 수준을 높이고 삶의 지혜를 일깨워주며, 사회인으로써 필요한 교양과 품격을 갖추게 한다. 독서의 가치를 거론하려면 먼저 마땅히 읽어야 할 책의 선별과 효과적 독서 방법이 전제되어야 한다. 책은 독자의 수준과 성향에 맞게 골라서 깊은 이해와 넓은 해석, 절실한 공감을 얻도록 읽어야하기 때문이다.

독서의 폭을 넓히고 내용을 다각도로 해석하기 위해 동원되는 토론은 효율적 수단의 하나이다. 토론에는 참여자들의 열정에 따른 치열하고 생산적인 토론 과정을 거쳐 개개의 독서 결과물을 이끌어내 상호 간 독해 정보를 교환하고, 논의의 핵심과 합리적 결론을 집약적으로 도출해 내는 기술이 요구된다.

독서는 내면의 힘을 길러 자아의 발전을 꾀하며, 다양하게 섭렵한 지식과 지혜를 사회생활에 유용하고 바람직하게 활용하는 데 그 목적이 있다. 그럼으로써 독서와 생활이 조화를 이루는 동반적 상승효과를 지속할 수 있는 것이다. 그러기 위해서는 일차적으로 독서의 힘을 빌려 자신의 실상을 내밀하게 비추어 보는 자정의 노력이 요구된다.

우리는 독서를 통해 정서가 안정되고 사물에 새로이 눈뜨는 경험을 하게 된다. 아울러 감동을 받고 새로운 의지를 다지기도 한다. 특별한 장치나 비용, 수고가 없이도 독서에 투자하는 시간만으로 다른 정신치유 못지않은 성과를 거둘 수 있다. 그러기에 보다 적극적인 자세로 독서에 몰입함으로써 가시적 치유의 효과를 높일 수 있는 것이다.

본 교재는 시대적 요구에 걸맞은 창조적 독서를 위해 독서, 토론, 치유 3 단계의 과정을 유기적으로 결합하여 한층 독서의 가치를 높일 목적으로 기획하였다. 시중에 여러 종류의 독서토론 교재들이 있음에도 굳이 또 한 권의 교재를 더하는 까닭은 나름의 변별성에 기초한 실천적 기능에 주목하기 때문이다. 따라서 본 교재는 단순한 책 소개

형식의 통상적 독해나, 독서토론의 이론서에 그치는 평면적 독해를 경계한다.

고루 많이 읽히면서도 일과성 유행에 그치지 않고 오랫동안 사랑 받고 감동을 주는 텍스트를 선별해 함께 읽고 그 결실을 공유하기 위해 진행하는 교양강좌 교재에 충실하고자 하는 것이다. 여기에서의 교양은 심층적 독서를 통해 익힌 사회적 가치와 요건을 실생활에 적용하는 창조적 실천력을 의미한다.

그 일환으로 교수와 학생이 공동으로 참여하여 실사구시의 방법으로 문학치유를 꾀하는 상호 텍스트적 호환에 본 교재의 변별적 근거를 두기로 한다. 다시 말해 독서와 생활이 병행하는 독서토론을 목표로 한 교양과목 교재로, 그 초점을 문학치유적 독해에 맞춘다는 점에 있어서 일반 교재와 다른 독자성을 띠고 있는 것이다. 문학치유는 건강한 자아와 참신한 사회인을 배양함에 있어서 독서의 실천적 지평을 창의적으로 확장하기 때문이다.

차례

제4장 독서토론과 치유의 실제 _ 29

제1장 총론

1. 개요

학문은 다양한 지식과 이해를 바탕으로 하는 비판적이고 독창적인 사고 능력을 요구한다. 이를 부모나 주위 환경으로부터 얻기도 하지만 대부분은 독서를 통해 이루어진다. 세상의 이치를 담아낸 책과 사회과학의 현상을 다룬 책, 개인의 사상과 철학 내지는 논리가 잘 정돈되어진 책을 통하여 우리는 지적 수준을 높이고 삶의 지혜를 배운다. 또한 사회인이자 세계인으로 살아가는 데 필요한 교양과 품격을 갖추게 된다. 자신의 전공이나 관심 분야를 넘어서 다양한 세계의 책을 읽음으로써 비판적이고 합리적인 사고를 갖춘 교양인의 역할을 더욱 충실히 할 수 있는 것이다. 또한 독서는 학생들이 본격적인 학문과 진리의 세계로 나아가는 데 보탬이 되고 보편적이면서도 건전한 가치관을 갖추는 데 기여한다.

이에 발맞추어 적극적인 참여가 바탕이 된 독서와 토론의 장을 열어 시대적 요구에 걸맞은 문학과 교양의 합목적 가치를 창출하기로 한다. 함께 읽고 작품의 핵심과 배경, 가치에 대해 토론하며 다양한 독해의 세계를 공유함으로써 작품에 대한 이해도와 지성인으로써의 실천적 적용력을 높이려는 것이다. 아울러 학생들이 독서와 토론을 통해 독해한 작품을 자신의 교양과 지식으로 소화하는 데 도움이 되고자 한다.

문제는 주 독서층인 청년들이 취업 위주의 실용적 기류에 편승해 독서의 폭을 좁히는가 하면, 갈수록 다양해지고 손쉬운 미디어나 온라인 매체의 범람에 의해 독서인구가 눈에 띄게 줄어드는 현상을 어떻게 타개하느냐이다. 이 점을 고려해, 함께 읽어야 할 도서를 선정함에 있어서 재미있고도 의미 깊고, 생의 길잡이로 오래 남을 수 있는 작품에 우선순위를 두었다. 곁들여서 현대인에게 요구되는 자기개발 지침서 몇 권을 추가했다.

독서는 외부세계를 접고 내면의 귀를 기울여 고유한 작품의 세계에 몰입하는 지식과 지혜의 충전과 확장 작업이다. 토론은 개개의 독서 결과물을 이끌어내 상호 간 독해 정보를 교환하고, 체계적 합일점을 도출해 내는 과정이다. 따라서 활기차고 생산적인 '독서와 토론' 시간을 갖기 위해서는 깊고 치밀한 독서가 선행되어야 하고 진지하고 적극적인 토론이 뒤따라야 할 것이다. 그것은 곧 침체일로인 독서풍토를 활성화하고, 토론 문화의 질과 격을 향상하는 시대적 요청이기 때문이다.

한편 독서와 토론을 주제로 한 이 강좌는 창의적 영역 확대를 위해 아래 항에서 제시한 문학치유적 효과를 제고하고자 한다. 기본적으로 독서와 토론의 밀도를 깊게 확장하고 나아가 문학치유의 내실을 탐구하여 그 효과를 참여자들이 함께 공유하려는 것이다. 문학치유는 활발한 독서와 토론을 통해 그 기능을 배가시킬 수 있는 현대사회의 필수적 과제이기 때문이다.

우리는 독서를 통해 내면의 평정과 정화를 경험하고 의지를 새롭게 강화한다. 그것은 곧 일련의 문학치유를 뜻한다, 문학치유는 마음의 치유에 있어서 중요한 위치를 개척해 가고 있다. 정신과 의사나 종교가 담당하던 분야에 문학이 참여하는 것으로 독서지도와는 그 성격이 다르고 굳이 비교하자면 독서치료와 상당부분 겹치지만 문학치유는 보다 범위가 넓고 다양하고 심도 깊은 차원에서 시도된다.

본 강좌에서는 다양한 방법의 문학치유 중 독서 그리고 토론을 통한 문학치유를 중점적으로 다루기로 한다. 따라서 독서는 심층적이고도 체계적인 방향에서 이루어질 것이며, 토론은 집단치유의 장으로 외연을 넓힐 것이다. 토론을 통해 자신의 감정을 대중 앞에서 토로하여 객관적으로 자신의 내면을 들여다보고, 집단적 정서를 공유함으로써 공통의 치유를 꾀할 수 있기 때문이다.

토론의 특성상 수용적 문학치유와 능동적 문학치유가 동시에 이루어질 수 있는 점 또한 장점인 만큼 적극적으로 생산적인 토론을 전개할 것이다.

2. 도서 선정의 배경

세상에는 수많은 책들로 넘쳐난다. 학교나 주변에서 권장하는 추천도서를 대강만 읽기에도 벅차다. 그런데 해야 할 일은 많고 주어진 시간은 한정 되어 있다. 여기에서 두 가지 과제, 즉 마땅한 책을 선별하는 것과 그 책을 효과적으로 읽는 독서법이 뒤따른다. 본 교재는 그 사안에 중점을 두고 다양한 의견과 자료에 의거해 책을 선정하였다.

『나의 라임오렌지나무』와 『데미안』은 자전적 성장소설로, 내밀한 자아의 성찰을 통해 세상을 새롭게 깨우치고 상처를 치유해나가는 과정이 비슷하다. 그러면서도 두 작품은 작가의 성향에 따라 나름의 변별성과 특장을 지니고 있다. 동서양을 두루 섭렵하고 정신분석학 부분에 관심이 깊은가 하면, 철학에도 일가견을 이룬 헤세의 『데미안』은 내면을 관조하는 시적 문체와 신비주의적 상상력이 작품의 주조를 이룬다. 반면 『나의 라임오렌지나무』는 다양한 밑바닥 삶을 체험한 조제 마우루 지 바스콘셀루스의 남미 특유의 정서를 바탕으로 외부 환경과의 조우와 교류를 통해 내면의 상처를 치유해 가는 면에서 대비된다. 그러나 두 작품은 마치 역할을 분담하듯 성장기의 고뇌와 상처의 '안과 밖'을 깊고 섬세하게 다루고 치유해 나감으로써 청소년에게는 성장의 지침서로 꼽히고, 성인에게는 다시 한 번 자신을 돌아보게 하며 자녀교육의 살아있는 텍스트로 권장할 만한 현대적 고전의 위치를 견고히 지키게 된다.

건강한 사회생활의 안내서인 『회복탄력성』과 『가족의 발견』은 심리학에 조예가 깊은 저자들의 저서인데, 전자가 개인의 주체적 사회참여를 촉구하는 데 비해 후자는 가족이라는 유기적 집단 속에서의 공감대 확장과 공유를 권장함으로써 각각 자신과 가족의 가치를 새롭게 발견하고 자신도 모르게 적체된 상처를 객관적 시각으로 치유하는 방법론적 과제를 제시한다. 여기에 더하여 『1그램의 용기』는 이타적 용기를 에너지로 거칠고 낯선 현장에서의 생생한 체험과 저자 특유의 긍정적 사고와 가치관을 전파하여 독자들에게 삶의 활력과 용기를 북돋아 준다.

『지적 대화를 통한 넓고 얕은 지식』(철학 편과 예술 편을 골라 먼저 공부하기로 한다.)은 현대인이 살아가는 데 있어서 필요한 지식을 쉽고도 간단명료하게 되짚어 줌으로써 시간을 절약해 주고 사회적 상식의 폭과 깊이를 보완해 주는 참고서이다. 구호적 세계화의 물결 속에 휘말려 자칫 소홀해지기 쉬운 역사적 정체성을 깨우쳐 주고 주체적 안목을 심어주는 데 있어서 『당신이 알아야 할 한국사 10』과 『징비록』은 놓쳐서는 안 될 소중한 자료집이다.

치밀한 현장실험과 과학적 분석으로 동양과 서양의 장단점을 비교해 발전적 통섭을 꾀하는 『동과 서』는 앞의 두 역사서가 보충해야 할 과제를 체계적이고 과학적으로 뒷받침해 준다. 여기에 사랑과 행복을 주제로 한 시와 수필 그리고 단편소설 중 감명 깊고 의미 있는 작품을 가려 뽑아 사랑과 행복의 가치와 의미를 되새겨 봄과 동시에, 시와 산문과 단편소설의 진수를 음미하게 하여 문학의 이해도를 높이고자 했다.

덧붙이자면 심사숙고를 거듭해 선정한 아래의 책들은 고루 많이 읽히면서도 일과성 유행에 그치지 않고 오랫동안 사랑 받고 감동을 주는 현대인의 지식과 교양 텍스트로써 나름의 특장과 공통점을 지니고 있는 것이다.

3. 일러두기

① 각 항목의 첫머리에서는 강의 주제와 수업목표를 설정하여 강좌의 성격을 명확히 밝히고 그에 따른 텍스트의 본질과 내용을 요약해 두었다.

② 작품의 이해를 돕고 그 핵심을 파악함과 동시에 전체적 맥락을 한 눈에 볼 수 있도록 몇 개의 단원으로 나누고, 〈요점〉을 통해 단원의 개요를 설명한 다음 그에 따른 예시문을 가려 뽑아 배치해 놓았다. 따라서 요점과 예시문을 통해서도 전체의 의미를 유추할 수 있을뿐더러 작가의 창작의도와 내면의 목소리를 감지할 수 있다. 독해의 효율적 자료로 작용함과 아울러 예시문의 감명 깊은 문장 하나 하나를 새롭게 반추하는 재미를 곁들일 수 있다. 아울러 토론을 위한 주제 설정과 참고 자료로도 요긴하게 활용할 수 있다.

③ 텍스트와 그 배경에 대한 안내와 이해를 돕기 위해 〈저자소개〉난을 강 항목의 머리 부분에 배치해 놓았다. 문학작품 부분에서는 일반적 저자소개 보다도 〈작

가소개〉나 〈시인소개〉로 구분하여 장르별 특징을 살리기로 했다.

④ 각 텍스트마다의 특성과 장점이 사회에 끼친 영향과 공헌도를 〈이 책의 가치와 의미〉로 추출해 독해의 초점을 밝혀놓았다. 문학 작품은 〈이 작품의 가치와 의미〉로 바꾸어 그 작품에 대한 평가를 돕기로 했다.

⑤ 여러 각도에서 세심하고도 밀도 깊은 독해와 토론을 전개할 수 있도록 텍스트마다 토론의 핵심적 주제를 가려 뽑아 머리 부분에 〈핵심 톺아보기〉로 배치 하였다.

⑥ 단원별 주요 내용을 압축해 간단명료하고 일목요연하게 살펴볼 수 있도록 각 단원의 도표 밑에 〈간추려보기〉로 배치해 놓았다.

⑦ 각 단원의 끝에는 단원마다 지니고 있는 특성을 파악해 단락별 토론에 응용할 수 있도록 〈토론방향〉을 설정하였다.

⑧ 텍스트의 독해와 토론을 통해 내밀한 치유를 꾀하고 이를 자기발전의 계기로 생활화 하는 것을 돕기 위해 각 텍스트마다의 고유한 치유적 가치를 발췌하여 각 항목 도표의 끝에 〈문학치유적 독해〉로 블록 처리해 배치해 놓았다.

⑨ 각 항목의 끝에는 〈note book〉난을 공백으로 남겨 둠으로써 독후의 소감과 주요 사항을 메모하고 수업계획을 수립하게 하여 독해의 효율을 높이고자 하였다. 또한 읽기로만 그치는 독서가 아니라 자신의 감정과 생각을 글로 표현함으로써 정서적 감흥과 심리적 치유를 경험하도록 했다.

⑩ 『나의 라임오렌지나무』와 『데미안』 등 두 문학작품에는 별도로 〈요약과 핵심〉 난을 설치해 작품의 핵심적 내용을 압축 설명하고, 기억해야 할 요점을 요약해 문학적 독해의 안내 역할을 하도록 했다.

⑪ 책의 일부분을 발췌하여 예시문으로 제시하는 이유는 제한된 수업 시간을 효율적으로 운영하기 위한 하나의 방편이다. 〈요점〉과 〈예시문〉, 〈간추려보기〉를 통해서도 텍스트의 핵심적인 부분에 대한 수업을 진행할 수 있기 때문이다.

note book

 〈독서토론과 문학치유〉 학기 수업계획을 수립해보자. 이 과목 수업은 항상 강의와 토론, 발표가 병행되기 때문에 학생들의 사전준비와 적극적인 참여가 필수적이다.

제2장 독서토론

1. 독서와 토론의 현대적 의미

독서와 토론은 나름의 독자성을 띠고 있지만 독서토론으로 합성되어 불릴 만큼 상호 보완과 견인적 역할을 한다. 토론을 위해서는 일차적으로 주제의 정밀한 독해가 필요하고, 독해는 치열한 토론을 통해 그 깊이와 폭을 확장하기 때문이다. 주로 독서는 토론의 전제적 자료로 원론적 기능을 하는 반면 토론은 독서의 활성화를 위한 수단으로 실천적 기능을 한다. 토론을 통해 독해는 텍스트가 지향하는 저변과 영역을 확산하고 독자의 독해 수준을 향상시킨다.

현대사회처럼 다수의 지식과 정보가 결집된 다양성과 창의력이 요구되는 시점에 토론은 그 전초적 무대를 마련함으로써 정보와 논리의 교환과 연마, 창조적 소통을 실현한다. 한편 효과적 토론을 위해서는 먼저 치밀한 독해가 선결요건으로 대두된다. 상대와의 토론 이전에 그 일차적 준비 태세로 자신의 내부에서 혼자만의 충분한 토론이 이루어져야 하는 것이다. 그것은 독해의 효율을 높이는 첩경이기도 하다. 또한 발표력은 곧 토론의 주요 전제조건인 적극적 독서의 결과물이다. 여기에서 적극적 독서란 독서와 병행해 그 실천적 각도에서 독서를 일상생활에 접목하는 것으로, 독서가 곧 일상의 표현으로 구체화 될 수 있도록 습관화하는 것이다. 이는 곧 발표력 향상을 의미하며 토론의 실력을 기르는 독서의 실질적 기능을 이른다. 이제 토론은 수업시간이나 세미나 장의 독점물이 아니다. 통상의 담론이나 담소, 대화를 필요로 하는 일상생활 자체가 토론의 연장인 것이다. 현대는 혼자만의 지식 독점이 불가능하듯 창조에 있어서도 순수한 독창성은 기대하기 어렵다. 어떤 발견이나 발명, 학설도 무수한 이웃의 다양한 지식과 정보, 상상력이 음으로 양으로 모아진 합집합일 뿐이다. 그것은 일상 속에서 직간접적으로 이루어지는 토론의 산물이다.

2. 창조적 독서

생각이든 일이든 집중력이 필요하다. 화두를 든 선승의 일념과 같은 몰입이나 투수의 공을 노리는 타자의 집중력은 성공을 기약하는 지름길이다. 대개의 창작 역시 집중의 산물이다. 작품 속의 긴장은 몰입의 결과물이기 때문이다. 독서에는 그런 작가의 몰입이 전이되기 마련이다. 따라서 창작 못지않은 집중력은 효과적 독서의 왕도이며 작가에 대한 이해의 핵심적 수단이기도 하다. 독서 중에서도 특히 정독은 집중력을 필요로 한다. 많은 책을 읽는 것도 많은 경험을 쌓는 것처럼 필요하지만 한 권의 책을 제대로 깊이 읽는 것은 하나의 우물을 깊이 파는 것과 같다. 주변의 얕은 우물물은 깊은 우물로 모이기 때문이다. 또한 하나의 거울을 깨끗이 닦는 것과도 같다. 자신의 얼굴을 제대로 보는 데는 먼지 낀 여러 개의 거울보다도 투명한 한 개의 거울이 낫다. 한편 정독의 습관이 몸에 익으면 다독을 통해 시야를 넓혀야 한다. 그리하여 다양한 생각이나 지혜, 경험을 모아야 한다. 많이 알고 깊이 느끼는 것이야말로 독서의 가장 이상적인 경우이기 때문이다.

그러나 독서에 있어서 무엇보다 중요한 사실은 책에서 읽고 느낀 점을 직접 실천에 옮기는 것이다. 결과적으로 독서의 목적은 책에서 얻은 간접 경험과 지식을 유용하게 활용하는 데 있기 때문이다. 읽는 재미 못지않게 실생활에 응용하는 재미를 더할 때 독서는 온전히 자기 것으로 육화된다. 독후감은 실천으로 쓰여질 때 최고의 가치를 지니게 되는 것이다.

한편 독서는 작가뿐 아니라(외국서적은 역자를 포함) 작품의 배경, 작품에 동원된 인물의 심리, 사물이나 사건, 어휘와 문장, 지식과 정보 그리고 독자의 상상력과의 광범위한 소통을 의미한다. 한 권의 책 속에는 동서고금의 집단무의식적 원형, 창조적 세계, 우주의 혼과 언어가 내재되어 있을 수 있다. 그러기에 읽을 만한 책은 그 속에 하나, 혹은 몇 개의 세계를 간직하고 있기 마련이다. 그리고 그런 책이라야 오래도록 독자의 정신세계를 공유한다. 책은 보이지 않는 세계를 펼침으로써 독자와 더불어 그 영역을 확장하며 탐험한다. 그것은 곧 현실의 경계를 훌쩍 뛰어넘어 독자의 정신적 영토를 무한대로 확장함을 뜻한다.

독서는 제2의 창작이다. 남의 작품을 읽으며 시종 감동만 할 수는 없다. 설사 무한한 공감을 선물하는 작품이라 할지라도 그 속에 얼마든지 독자 자신의 의견을 대입하고 덧붙일 수 있다. 그것이 진정한 독자의 권리요 자세다. 아무리 빼어난 고전도 고금을 통해 그 독해에 관한 토론이 반복되는 것을 보면 작품의 가치를 환기하고 지속적으로 함양하는 측면에서라도 창조적 독해는 필요함을 알 수 있다. 독후감 역시 줄거리의 평면적 되풀이가 아니라 자기만의 새로운 독해를 증명하는 것으로 작품에 관한 다면적 참여를 뜻한다.

현대인들은 피할 길 없이 밀려드는 인파 속에서 잠시의 휴식과 사색 공간조차도 압류 당한 채 밀폐되어 가고 있다. 그것은 정신의 황폐와 퇴화, 신경증의 심화를 비례적으로 동반한다. 여기에서 독서는 자신만이 누릴 수 있는 무한대의 공간을 제공한다. 그럼으로써 보이지 않는 치유의 숨은 공로를 베푼다. 책이 잘 읽히지 않는 세상이라고 하지만 그럴수록 새삼 독서의 소중한 가치를 절감하게 된다. 그렇게 우리는 창조적 독해를 통해 무수의 세계를 창조함으로써 일찍이 잃어버린 유토피아적 세계를 되찾을 수 있다는 희망을 선물 받는 것이다.

3. 독서토론의 자세

독서토론을 잘하기 위해서는 먼저 독서를 많이 해야 한다. 다독도 중요하지만 무엇보다도 심층적인 독서가 뒤따라야 한다. 작가의 창작 의도와 사고, 심리까지 파악할 수 있는 독서에 이르려면 그만한 독서량과 더불어 질적 독서가 필수적이다.

작품에 대한 치밀한 분석과 핵심적 요점의 파악은 독서토론의 준비단계 중 가장 필요한 부분이다. 다음에는 가상질문과 답변을 통해 토론의 핵심을 선점하는 선제적 훈련을 곁들여야 한다.

토론을 할 때에는 시종일관 감정의 개입을 철저히 차단하고 체계적이고 논리적인 시각에서 자신의 의견을 효과적으로 충분히 개진해야 한다. 발언은 절제력 있게 차분하고 명확한 어조로 해야 한다. 상대를 제압하려 들거나 설득하려는 태도는 금물이다.

상대와의 변별성을 추구하되 궁극적 합일점을 구하려고 노력하는 기본자세는 흐트러뜨리지 말아야 한다. 혹시 잘 모르는 부분이 나타날 때는 솔직히 인정하고 상대의 논리를 통해 보완하려는 성의를 보이는 것이 바람직하다. 토론의 목적은 자기자랑이나 승리에 있지 않고 통합적 가치의 공유에 있기 때문이다.

토론 중에 자신이 먼저 결론을 내버리거나 자신의 논리에 유리하게 결론을 유도하는 자세 역시 피해야 한다. 한편 유익한 독서토론을 위해서는 지루하지 않게 적당한 긴장을 유지하는 분위기 조성에 협력해야 한다.

4. 독서토론의 방법

① 먼저 학기 내에 수업할 전체 도서목록을 검토하고 그 내용에 대해 포괄적으로 숙지한다.

② 강좌 전까지 해당 작품을 두 번 이상 숙독한다.

③ 미리 발제자와 토론자를 정한다.

④ 강좌 2-3일 전까지 토론의 주제를 숙지하고 발제문을 제출한다.

⑤ 토론에 앞서 작가와 줄거리를 소개하고 작품에 대한 개략적 수업을 마친다.

⑥ 토론은 발제자와 토론자, 참관자의 세 그룹으로 나누어 실시한다.
참관자도 수시로 자신의 의견을 개진함으로써 토론에 적극적으로 참여한다.

⑦ 교수는 사회를 맡아 토론을 진행하며 토론의 내용을 정리하여 총평을 한다.

note book

토론은 사전 준비와 사후 정리가 필수이다. 토론에 대해 준비한 내용과 토론 후 정리된 내용을 요약해 보자.

제3장 문학치유

1. 문학치유(文學治癒)란 무엇인가?

문학치유는 문학을 치유의 수단으로 활용하여 마음의 상처를 씻어내고 평정을 되찾아 보다 온전하고 바람직한 인격을 갖추는 것을 이른다. 문학치유는 의사들이 병원에서 문학적 수단을 차용해 실시하는 경우와 심리적 위기 즉 정서나 행동의 장애 등 신경증적 병인을 치료하는 보조적 차원에서 문학의 치유적 수단을 치료사나 의사들이 공유하는 형태로 시행되고 있다. 이때 글쓰기, 읽기, 말하기, 듣기 등 다양한 장르들이 그 수단으로 동원된다.

다음 글은 변학수의 문학치유에 관한 논고 중 일부분이다.

> 문학적 글쓰기나 책 읽기를 통해 우리는 새로운 생각을 하게 되고 어려운 상황에 어떻게 대처해야 할지를 알게 되며 궁극적으로는 치유의 힘을 얻게 된다. 나아가 문학행위는 인간에게 형상화 능력과 인지능력을 현저하게 기워준다. 이런 정서적 이해를 통해 자기치유력이 강화되고, 체험하는 나와 관찰하는 나 사이의 분리가 쉽게 통합된다. 이런 과정 중에 독자는 트라우마나 무의식적 불안, 무의식적 갈등 등에 쉽게 접근할 수 있고, 또 그것이 쉽게 해소될 수 있다. 문학 치료적 중재란 우선 자신과의 만남을 통하여 자기 치유력을 강화하는 과정이다. 자신의 객관적인 모습을 보게 되고 자신의 감정을 소산하며 자신을 정서적으로 깊이 이해하게 되고 자기(Self)를 자신(Ego)에 통합한다.[1]

문학치유는 정신분석치료와 긴밀한 공조를 이룬다. 방법론상 무의식의 저변에 도사리고 있는 억압을 해소함으로써 건강한 심신을 회복하게 하는 정신분석치료기법을 차용하기 때문이다. 앞에서도 이야기 했듯이 정신분석치료 또한 치료의 일환으로 문학을 이용하기도 한다. 양자의 차이를 이르자면 정신분석학치료는 정신분석전문의사가 치료의 보조 수단으로 문학을 이용하는 반면 문학치유는 문학을 전공한 작가(혹은 문학에 조예가 있는 자)가 정신분석치료기법을 문학치유에 차용하는 점이다.

그러나 여기에서 방법론상 기법은 정신분석학의 독점적 전문분야로 문학은 다만 그 보조수단 역할을 할 뿐이다. 정신분석전문의사는 문학의 도움 없이도 치료가 가능하지만, 문학치료사가 정신분석치료기법에 대한 이해와 기술이 부족할 경우 심도 있는 치유가 불가능하다는 점에 있어서 문학치유는 일정의 한계를 지닐 수밖에 없는 것이다. 이상적인 상황은 문학을 보조수단으로 이용하여 치료의 효과를 증가시키기 위해 정신분석전문의사가 문학치료사의 문학적 도움을 받아 치료에 임하는 경우일 것이다. 그러나 이 경우 문학치료사의 역할은 정신분석전문의사의 보조적 기능에 머물 뿐이다. 이를테면 문학이 정신분석치료의 보조수단으로 이용되는 맥락과 일치한다. 따라서 문학치유의 당면 과제는 정신분석치료기법에 의존하지 않고 독자적인 치유를 할 수 있는 기법을 개발하는 점일 것이다.

문학치유의 또 하나의 과제는 내담자가 읽을 책을 선정하는 데 있어서 치료사와 내담자 중 누가 주도하느냐이다. 독서는 독자의 취향에 따라 이루어진다. 그것은 독자가 원하고 흥미를 느낄 만한 책을 선정하는 우선권을 의미한다. 따라서 치료사가 아무리 좋은 책을 골라주어도 내담자의 취향과 수준에 맞지 않는 경우는 역효과를 낳을 뿐이다. 그렇다고 내담자가 치유에 별반 도움이 되지 않거나 오히려 치유에 방해가 될 책을 읽도록 방관할 수만도 없다. 그러기에 문학치유 전 단계로 치료사는 내담자와 충분한 대화를 통해 내담자의 취향과 수준을 파악한 다음 내담자와 협의하여 마땅한 책을 골라야 할 것이다.

문학치유는 크게 나누어 쓰기와 읽기를 통해 이루어진다. 글쓰기를 통해 내담자의 억압된 무의식적 정서를 이끌어 내 내면의 실상을 파악하고, 읽기를 통해 정서를 순화하고 안정과 활력을 찾는다. 그러기에 문학치유는 그 연원을 독서치유에 둔다. 문학치유는 작가와 독자의 관계를 전제로 이루어지는 경우가 대부분이기 때문이다. 흔히 일상의 독서를 통한 치유이다. 이는 중간 치료사를 거치지 않을 뿐더러 때와 장소, 도구나 자료에 구애받지 않고 손쉽게 직접적으로 이루어지는 무수의 숨은 문학치유를 의미한다. 이때 우선적으로 요구되는 사항은 작품의 텍스트적 기능과 독자의 심층적 독해이다. 작가는 심혈을 기울여 새롭게 감동을 줄 수 있는 창작에 임해야 하고, 독자 역시 제2의 창작을 한다는 떨리는 가슴으로 책장을 펼쳐야 하는 것이다. 문학치유에 있어서 적극적이고 창의적인 독서는 창작이나 글쓰기 치유 못지않은 효과적 수단의 하나이기 때문이다.

문학치유는 스트레스와 신경증적 피곤에 지친 현대인의 심성과 영혼을 문학을 통하여 다스리는 정신적 임상병리와 진료를 일컫는다. 그 연원은 멀리 고대 그리스까지 거슬러 가지만 본격적으로 활성화 단계에 이른 것은 미국의 벤쟈민 러쉬를 필두로[2] 한 근래의 상황으로 그 체계적 성취는 아직 일천한 편이다.

프로이트가 발견한 무의식의 실체는 언젠가 경험한 것인데도 기억 속에서는 존재하지 않으며 내면의 저변에서 사라지지 않고 끊임없이 꿈틀거리는 음울하고 집요한 '억압'을 의미한다. 우리는 잡다한 사물과 조우하면서 당시에는 그 사실을 알아채지 못하는 경우도 있다. 기억하기에는 당시의 자극이 너무 약해 주의를 기울이지 못했기 때문이다. 그러나 무의식은 그 내용을 심각하게 기록한다. 그리고 지워지지 않은 '망각'의 늪 속에 저장한다. 그리하여 미처 의식되지 못한 지각은 끈덕지게 살아남아서 우리의 의식에 끼어들어 반갑지 않은 간섭을 하게 되는 것이다.

그렇듯 무의식은 여전히 영혼의 잠재적 기층을 이룬다. 그리하여 이유 모를 우울, 죄의식, 불안, 잡념, 자학 등 불유쾌한 복병이 우리를 '망각'의 탈을 쓴 미지의 동굴 속으로 몰아넣고 걸핏하면 나타나서는 정체 모를 심술을 부리는 것이다. 예를 들면 우리에게 잘 보이는 것을 보지 못하게 하거나 날조하는 등 감각기관을 통해 들어오는 정보를 왜곡한다.

창조적 욕망은 내면세계의 표출이다. 잠복한 억압이나 상처가 초자아의 압박에 의해 억압된 자신의 실상을 폭로하고 싶어 기승을 부리는 내면의 신음이다. 그 내면의 충동이 외부사물과의 접촉으로 인해 억제된 감정을 자극하고 창조에 대한 열정을 부추김으로써 생산적 창작이 이루어지게 되는 것이다. 작가는 내면세계의 왜곡된 언어를 기호화된 외부의 사물, 즉 객관적상관물을 통한 사회적 언어로 재해석한다. 그럼으로써 부정적 억압으로 위축되고 기피되어 온 무의식이 새롭게 자아의 주체성을 회복하고 나아가 자아의 사회적 성취를 돕는 긍정적 존재로 부각되게 일체감을 발휘한다.

문학치유는 기본적으로 마음의 평화를 지향하는 점에서 종교적 치유, 심층심리학적 치유와 궤를 같이한다. 문학치유의 목적은 작가가 시 창작을 통해, 그리고 독자는 작품을 통해 종교적 치유, 심층심리학적 치료와 마찬가지로 분산되고 혼란스러운 마음을 가다듬어 정신세계의 균형과 조화, 즉 평정을 이루는 데 있다. 그리고 나아가 전인적 인격 완성을 기하는 데 있다.

자신의 무의식 세계를 직접 체험함으로써 심층적인 정신세계의 영역을 확장할 것을 주장해 온 융은 "모든 인격의 궁극적인 목표는 자기다움(selfhood)과 자기실현의 상태를 달성하는 것이다."[3]라고 했다. 이는 기존의 종교들이(특히 동양의 종교에서) 그동안 여일하게 시행해 온 수행 목표와 일치한다. 심층심리학은 정신분석학, 분석심리학, 자아심리학, 발달심리학 등 다양하게 분포된 심리학을 통칭해서 부르는 용어다. 심층심리학적 치료가 종교의 역할에 과학적으로 접근한다면 문학치유는 심층심리학적 치유의 세계에 감성적으로 접근하는 형태다.

네덜란드의 기호학자이며 문화비평가인 미케 발은 「서사(敍事)란 무엇인가」에서 "문학치료학의 가장 큰 성과는 문학에 대한 이해를 바꾸어 놓은 것이다. 문학을 인간 활동의 결과물로만 이해하던 종래의 관점을 넘어서서 '인간 활동' 그 자체가 문학이며, 더 나아가 '인간' 그 자체가 문학이라고 볼 수 있게 된 것이다."[4]라고 했다. 이는 문학이 본격적으로 인간을 위한 학문, 즉 정신 치유의 대열에 입성한 것을 재확인하는 신호탄이다. 문학의 적극적 활성화 방안을 치유의 방향에서 발견한 것에 대한 자축인 셈이다.

현재 미국에서는 문학치유가 상당히 활발히 이루어지고 있으며 그 이외의 국가에서도 문학치유를 텍스트로 한 학문적인 연구와 더불어 임상치료가 점진적으로 진행되고 있는 추세이다.

문학은 인접 예술처럼 창작의 고통이 수반된다. 그러나 창작이 마무리되었을 때의 상황은 완연히 다르다. 산모가 갓 태어난 아기를 지켜보듯 시인이나 작가는 한 편의 흡족한 작품이 탄생했을 때 창조자의 희열을 만끽한다. 바로 그 맛에 창작의 고통을 자초한다. 다시 말해 창작의 희열을 통해 획기적인 자기치유를 경험하게 되는 것이다. 문학치유도 그 초발심적 생명력을 활성화하기 위해서는 각각의 텍스트가 가진 안정감과 정화력(淨化力)을 독자들에게 십분 발휘할 수 있도록 주선하는 집중적인 추동력이 우선해야 한다. 대부분 문학치유의 실용적 가치에 대해서는 민감하다. 그러나 미학적 가치에 대해서는 둔감하거나 외면하기 쉽다. 하지만 궁극적으로는 미학적 가치가 방점을 찍어야만 문학치유는 본격적 기능을 완수할 수 있다. 또한 실용적 가치도 그에 힘입어 배가될 수 있다. 문학치유의 영역은 마음의 현장이고 영혼의 진면목은 진선미의 균형을 이르는 만큼 미학적 가치는 필수불가결한 요건이다.

2. 독서를 통한 문학치유

우리는 책 속에서 다양한 지식과 정보를 섭취하여 실생활을 윤택하게 하고, 교양인으로써 사회적 역량을 강화한다. 또한 체계적이고 깊이 있는 진리를 발견하여 지성의 품격을 높인다. 그와 같은 외형적 성과 말고도, 독서는 우리가 자신의 내면세계를 주의 깊게 들여다봄으로써 산란한 마음을 평온하게 하고 전인적인 인격을 갖출 수 있도록 도와준다. 그렇듯 독서는 창작과 더불어 문학치유의 일차적 관문이자 핵심적 역할을 한다.

우리는 흔히 독서를 통해 각별한 감동을 받고 생의 활력을 되찾는다. 한 권의 책, 한 구절의 시를 읽고 운명의 나침반을 바꾸기도 한다. 혼탁한 영혼을 정화하고 나약하고 안일한 의지의 깃을 바로 여미기도 한다. 이 모두가 독서가 우리에게 선물하는 직간접적인 치유의 효력이다.

책 읽는 자체가 목적이 되는 심미적 관점에서 보면 독자는 이야기와 관련된 자유로운 상상, 감정이입, 가상놀이가 가능해진다. 이때 독자는 단어가 가리키는 추상적 개념뿐 아니라 그 대상이 불러일으키는 개인적 느낌, 아이디어, 태도 등 광범위한 요소들을 경험하게 된다.[5)]

독서는 의식과 무의식을 아울러 행해진다. 그러기에 우리는 의식을 집중한 독서 중 예기치 못한 상상력이 펼쳐지는 순간을 종종 경험한다. 또한 자신도 모르게 짜릿하고 후련한 전율이나 카타르시스를 경험하기도 한다. 이를테면 의식 몰래 무의식이 돌출하는 순간이다. 이때 독자들은 자신의 심층적 내면과의 긴밀한 대화를 나눌 수 있으며 이는 독서에 의한 치유가 이루어지고 있음을 의미한다.

한편 문학 치유에 있어서 무의식에 지나친 비중을 두고 정작 의식에는 소홀히 하는 경향이 있다. 물론 무의식이 우리의 정신세계에 막중한 영향을 끼치는 존재임에는 틀림없다. 그러나 일상적인 반성이나 진리탐구처럼 의식적인 노력을 기울임으로써 자아를 완성해 나가고 마음의 평정과 정화를 꾀하는 방법도 곁들여야 할 것이다. 고전을 통해 이성의 사막화를 예방하고 진지함과 경건함을 일깨우는 독서법은 건강한 의식을 회복하는 지름길이기도 하다. 아울러 한 시인이나 작가의 작품을 텍스트로 두고도 감성적 접근과 분석적 접근을 동시에 함으로써 의식과 무의식에 대한 효율적 비중을 맞추는 독법 역시 여전히 유효하다.

3. 토론을 통한 문학치유

토론은 다양한 시각과 분석으로 독해의 심도와 폭을 확장해 그 결과를 서로 공유하기 위한 수단의 일환이다. 우리는 활발한 토론을 통해 혼자서는 미처 읽어내지 못한 정보와 지식을 함께 나누게 된다. 아울러 작품의 깊고 폭 넓은 이해와 더불어 포괄적 소통에서 기인한 건강한 정서적 합의를 도출해 낼 수 있다. 또한 상대의 경험에 비추어 간접적으로 자신의 내면세계를 탐지할 수 있다. 그럼으로써 은연중에 무의식 속의 '억압(抑壓)'을 해소할 수 있다. 그것은 곧 공동 작업에 의해 달성된 문학치유의 일면이다.

토론에는 읽기, 쓰기(토론문 작성 등), 말하기, 듣기에 걸쳐 다양한 문학치유의 방법이 동원된다. 거기에 토론이라는 공통의 의사소통이 곁들여 진다. 따라서 독서치유 이상의 문학치유를 기대할 수 있는 특성을 지닌다. 또한 토론을 통해 무의식적 감정의 표출이나 감정이입, 감정제어 훈련을 반복함으로써 치유의 가치를 배가할 수도 있다. 토론에서 일종의 드라마적 요소가 개입되는 부분 역시 통합문학치유 중의 드라마치유 효과를 기대할 수 있게 한다. “자발적인 표현에 대한 자유로운 분위기는 치유 효과를 증대시킨다.”[6]는 머피의 주장은 토론의 치유적 진가를 도모함에 있어서 토론문화의 전제적 중요성을 새삼 각인시켜 준다.

note book

독서를 통해서 지식을 얻는 것도 중요하지만 더 중요한 것은 자신을 북돋우는 지혜를 터득하는 것이다. 지식은 자신을 치유하지 못하지만 지혜는 자신을 가다듬고 바로잡아 준다. 독서를 통해 경험한 치유의 사례를 정리해보자.

제4장 독서토론과 치유의 실제

01 『나의 라임오렌지나무』 | J.M. 바스콘셀로스

⇨ 강의주제 : 한 어린이의 성장기를 통해서 배우는 감동적 치유의 공감대

⇨ 수업목표	순수하며 호기심 많고 착한 아이가 주변의 무관심과 몰이해로 인해 얼마나 아픈 상처를 앓아야 하는가를 실감하게 된다. 그러나 뽀르뚜가 아저씨와 세실리아 선생님의 친절과 애정을 통해 그 상처가 녹고 아무는 것을 보면서 새삼 성장기의 아이들에게 사회적 배려가 소중한 것을 배운다. 밍기뉴를 말동무삼아 끊임없는 내면과의 대화를 통해 스스로 상처를 극복하고, 사려 깊게 성장해 가는 제제의 성장기에서 어느 심리학 교재보다도 훌륭한 텍스트의 진면목을 학습한다.

1) 작가 소개

조제 마우루 지 바스콘셀로스(1920-1984)는 브라질 리우데자 네이루 외곽 방구시에서 태어났다. 불우한 어린 시절을 보낸 그는 권투선수, 바나나 농장 인부, 야간 업소 웨이터 등 다양한 직업을 체험하며 작가가 될 밑거름을 쌓았다. 1942년 작가로써 첫발을 내딛었고, 1962년 『호징야 나의 쪽배로』를 통해 작가의 입지를 다졌다. 이어서 1968년에 발표한 『나의 라임오렌지나무』로 큰 성공을 거두게 되었다. 이 작품은 브라질 뿐 아니라 전 세계 20여 국에 번역 출간되어 바스콘셀로스에게 세계적 작가로 명성을 떨치게 했다.

2) 요약과 핵심

『나의 라임오렌지나무』는 1968년에 발표한 브라질 작가 조제 마우루 지 바스콘셀

로스의 소설이다. 출판 당시부터 브라질은 물론 세계적 베스트셀러가 되었고 영화로도 상영되어 각광을 받았다. 한국에서도 1980년대 이후 독자들의 큰 반응을 불러 일으켰고, 지금도 여전히 읽히고 있다.

『나의 라임오렌지나무』는 다섯 살 난 말썽꾸러기 제제가 주위의 외면과 아버지의 학대가 겹친 빈민가의 악조건 속에서도 씩씩하게 성장해 나가는 과정을 그리고 있다. 제제의 말동무는 밍기뉴(때로 슈르르까라고도 함)로 불리는 오렌지나무다. 제제는 밍기뉴와 둘만의 비밀스런 대화를 나눔으로써 암울한 현실의 아픔을 위로 받고, 상상의 세계를 그리며 성장기의 상처를 치유해 나간다. 작품 속에서 또 하나 눈 여겨 볼 대상은 제제에게는 진정한 아버지와 같은 존재인 뽀르뚜가 아저씨다. 뽀르뚜가 아저씨는 거칠고 무관심한 아버지를 대신해 제제에게 인간의 따뜻한 정과 사랑의 가치를 일깨워 준다. 작가는 뽀르뚜가 아저씨가 죽고, 밍기뉴가 하얀 꽃을 피우는 상징적 장치 즉 그 꽃을 작별인사의 의미로 받아들이는 데서 붓을 놓는다. 드디어 밍기뉴는 어른 라임오렌지나무로 성장했고, 그것은 제제 자신에게도 상처를 딛고 의연하게 살아가라는 메시지였다.

작품 속에서 작가는 순수한 동심의 세계에 감동하지도, 이해하지도 못하는 사회의 무감각과 냉혹 그리고 동심의 성찰과 치유적 가치를 제제와 제제의 친구로 의인화한 오렌지나무, 뽀르뚜가 아저씨를 등장시켜 환기시켜주고 있다.

『나의 라임오렌지나무』는 작가의 유년시절을 담은 자전적 소설로 작가가 태어나 유년시절을 보낸 리우데자네이루 방구시에서의 체험이 배경을 이루고 있다. 청소년 추천도서로 많이 읽히는 이 작품은 젊은 독자층에게도 폭 넓은 사랑을 받고 있다.

3) 이 작품의 가치와 의미

이 작품은 전 세계의 무수한 독자들에게 잔잔한 감동을 선물한 성장소설이다. 성장소설의 초점은 유년기나 청소년기의 주인공이 어떻게 난관을 극복하고 건강하고 성숙한 자아로 자리매김하느냐에 모아진다. 거기에는 주변 환경의 배경적 역할이 필수적 장치로 작용한다. 이 작품에서는 오렌지나무와 뽀르뚜카 아저씨가 그 대상이다. 우리는 오렌지나무와 뽀르뚜카 아저씨라는 작품 중의 두 배역을 살펴봄으로써 한 사람의 인격적 성장을 돕는 도구적 배경으로 자연과 인간의 동질적 가치에 대해 숙고하게 된다. 또한 나무라는 상징적 존재를 빌려 실제로는 자기 내면과의 대화를 꾀함으로써 바깥세상으로 부터 소외된 자신을 추슬러가는 제제와 반대로, 우리는 바깥세상과의 대화에만 치중하는 탓에 스스로가 자신을 소외시키는 자기관리의 맹점을 발견하게 된다.

한편 작가가 친아버지의 무지와 강압으로 인한 제제의 상처를 치유하는 해결책으로 뽀르뚜카 아저씨를 대입해 제제가 진정한 가족의 의미를 회복하게 하는 대목에서는 가족이라는 존재가치와 구성원 사이의 상호 인격존중과 배려의 의미를 새삼 돌이켜 보게 한다.

어른이나 아이를 가리지 않고 폭넓게 읽히는 이 책은 건전한 인격과 원활한 사회생활을 위해서는 부단한 내면과의 대화 그리고 애정 어린 이웃과의 소통이 필요하다는 원론적 메시지를 전해 주고 있다.

4) 핵심 톺아보기

① 제제의 순수한 동심이 외면당하는 사회는 어떤 세계인가?

② 친아버지와 뽀르뚜가 아저씨 중 누가 진정한 아버지 상일까?

③ 제제는 이웃으로부터 받은 소외와 상처를 어떻게 치유하는가?

④ 우리는 작품 속에서 동심과 자연(오렌지나무)과의 교감을 지켜보며 무엇을 배울 수 있는가?

⑤ 제제는 오렌지나무 그리고 뽀루뚜가 아저씨와의 결별을 통해 어떻게 성장하는가?

⑥ 이 작품과 『데미안』의 닮은 점은 무엇인가?

5) 독서토론 예시문

Part 1

교수 · 학습활동

주제 :	마음속으로 노래 부르는 아이
요점 :	제제는 노래 부르는 것을 좋아한다. 그런데 그 노래는 마음속으로 부르는 혼자만의 노래다. 어려서부터 내면의 소리에 귀를 기울이기 시작하는 것이다.

본문

지금도 이 노래를 들으면 나는 알 수 없는 슬픔에 잠긴다. 로또까 형이 잡아당기는 바람에 나는 정신을 차렸다.

"무슨 생각을 그렇게 해, 제제?"

"아무 것도 아니야. 그냥 노래하고 있었어."

"노래?"

"응."

"흥, 내가 귀가 먹었니?"

형은 속으로 노래하는 법을 모르나 보지? 난 아무 말도 하진 않았다. 모른다면 가르쳐 주지 말아야지.

토론방향 : 제제의 노래는 어떤 것일까? 왜 형은 제제의 노래를 듣지 못할까?

교수 · 학습활동

주제 : 라임오렌지나무를 만나다.

요점 : 라임오렌지나무와의 대화 역시 뒤뜰의 나무를 동무 삼아 나누는 것이지만 실은 자기 내면과의 대화다.

본문

그때 내 마음속 어딘가에서 어떤 소리가 들려왔다.

"난 네 누나의 말이 맞다고 생각해."

"언제나 자기들 말만 맞다고 그래. 내 말만 틀리대"

"그렇지 않아. 네가 날 자세히 보면 알 수 있을 거야"

나는 깜짝 놀라 벌떡 일어나서 어린 나무를 자세히 살펴보았다. 지금까지 내가 사물들과 이야기할 수 있었던 것은 내 마음속의 작은 새가 말을 해주기 때문이라고 생각했는데 신기한 일이었다.

"정말 네가 말을 하는 거니?"

"내가 하는 말을 지금 듣고 있잖아."

나무는 그렇게 말하고 나지막이 웃었다. 난 하마터면 비명을 지르며 뒤뜰을 뛰쳐나갈 뻔했다. 그러나 호기심이 나를 묶어놓았다.

"어디로 말하는 거니?"

"나무는 몸 전체로 얘기해. 잎으로도 얘기하고 가지랑 뿌리로도 얘기해."

토론방향 : 작은 새와 라임오렌지나무의 동질성과 차이는 무엇일까?
이 작품에서 라임오렌지나무의 등장이 의미하는 것은 무엇일까?

교수 · 학습활동

주제 : 선물을 놓치다

요점 : 크리스마스 선물을 받지 못하는 것을 자신 탓으로 돌리고 마음을 다지며 다독이는 형제간의 대화가 천진스러우면서도 갸륵하다.

본문

"우린 정말 산타 할아버지한테 아무 선물도 못 받을까?"

"못 받을 거야."

"솔직히 말해 봐. 형도 다른 사람들이 말하는 것처럼 내가 그렇게 나쁜 아이라고 생각해?"

"아주 나쁜 아이는 아냐. 문제는 네 피 속에 악마가 들어 있다는 거지."

"나도 이번 크리스마스에는 악마가 없어졌으면 좋겠어. 죽기 전에 딱 한 번만이라도 내 속에 악마 대신 착한 예수님이 태어났으면 해"

"혹시 알아? 내년에는 그렇게 될지. 너도 나처럼 해볼래?"

"어떻게 하는데?"

"난 아무 것도 바라지 않아. 그래야 실망도 안 하거든."

토론방향 : 놓쳐버린 선물을 통해 제제는 자기발견을 하게 된다. 자신의 실체는 무엇인가?

교수 · 학습활동

주제 : 가슴속의 새를 풀어주다

요점 : 속말을 털어놓을 수 있는 말동무가 생기자 서서히 내면의 고독이 사라져 가고 있음을 알 수 있다.

본문

"있잖아요, 아저씨, 제가 어렸을 땐 제 속에 작은 새가 있어서 그 새가 노래한다고 생각했어요."

"네게 그런 새가 있다니 정말 놀랍구나!"

"아저씨, 제 얘기는 그게 아니에요. 요즘은 작은 새가 정말 있는지 의심이 간다구요. 어떤 때는 마음속으로 얘기도 하고 보기도 하면서 소리 내어 말한단 말이에요."

"슈르르까, 나 할 일이 있어서 왔어."

"뭔데?"

"같이 기다리자."

"그래."

나는 밍기뉴의 허리에 머리를 기대고 앉았다.

"제제, 우리가 기다리는 게 뭔데?"

"하늘에 새를 풀어주려고."

"그래 풀어 줘. 더 이상 새는 필요 없어."

우리는 하늘을 지켜보고 있었다. 잎사귀 모양의 잘생긴 흰 구름 하나가 천천히 다가오고 있었다.

"그래 저거야, 밍기뉴."

나는 가슴이 뭉클해져 벌떡 일어나 셔츠를 열었다. 내 메마른 가슴에서 새가 떠나가는 것을 느낄 수 있었다.

토론방향 : 가슴 속의 새는 무엇을 의미하는가? 그리고 새는 풀어준 것일까? 스스로 날아간 것일까?

Part 5

교수 · 학습활동

주제 :	거리의 악사
요점 :	노래 부르기를 좋아하는 제제는 원래 자기 표현욕구가 강한 한편 털어내지 못한 내면의 응어리가 많은 아이이다.

본문

"제가 계속 아저씨랑 다니는 거예요. 노래는 아저씨가 하고 제가 악보를 파는 거예요. 사람들은 어린애한테 사는 것을 더 좋아하거든요."

"나쁜 생각은 아닌데, 꼬맹아, 하지만 한 가지 물어보자. 네가 원한다면 좋지만 난 네게 아무 것도 줄 수가 없어."

"전 아무 것도 바라지 않아요."

"그럼 왜?"

"노래하는 게 좋아서요. 저는 이 세상에서 파니가 가장 멋진 노래라고 생각해요. 아저씨가 악보를 많이 팔고 나면 아무도 사가지 않는 낡은 악보나 하나 주세요. 우리 누나 갖다 주게요."

토론방향 : 제제는 노래를 좋아한다. 그것은 그의 상처와 어떤 관계가 있을까?

Part 6

교수 · 학습활동

주제 :	세실리아 선생님
요점 :	선생님의 관심과 애정이 악동으로 낙인찍힌 제제를 학교에서만큼은 모범생으로 만들어 놓는다. 정에 굶주린 아이에게 작은 사랑도 얼마나 가치 있는가를 알 수 있다.

본문

선생님은 내가 동네에서 가장 못된 애라고 아무리 말해도 믿지 않았다. 나보다 욕을 더 잘하는 아이도 없고 나만큼 장난이 심한 아이도 없다는 사실을 믿지 않았던 것이다. 이런 것들은 전혀 믿지 않았다. 나는 학교에서만은 천사였다. 한 번도 꾸지람을 들은 적이 없었다. 게다가 지금까지 나보다 더 조그만 애가 없었기 때문에 나는 모든 여선생님들의 귀여움을 독차지 했다. 그리고 세실리아 선생님은 우리 집이 가난하다는 것을 알고 안쓰러운 마음에 간식 시간만 되면 빵을 사먹으라며 돈을 쥐어 주었다. 나는 이토록 다정하게 대해주는 선생님을 실망시키지 않으려고 착하게 굴었다.

토론방향 : 세실리아 선생님은 얼굴이 못생겼다. 제제가 선생님에게 다가가는 데 있어서 선생님의 애정이 절대적 요인이지만 선생님이 못생긴 점이 제제의 콤플렉스와 동병상련의 동질감으로 작용한 부분은 없을까?

Part 7

교수 · 학습활동

주제 :	밍기뉴와 뽀르뚜가 아저씨
요점 :	밍기뉴의 질투를 통해 뽀르뚜가 아저씨를 향한 심리적 갈등을 읽을 수 있다. 뽀르뚜가 아저씨를 향한 감정과 밍기뉴에 대한 미안한 감정이 복합적으로 잘 나타나 있다.

본문

"너도 나처럼 빵을 커피에 적셔서 먹어 봐. 하지만 삼킬 때 소리를 내서는 안 돼. 보기 흉하거든."

나는 여기까지 이야기하고 밍기뉴를 바라보았다. 그는 헝겊 인형처럼 입을 꾹 다물고 있었다.

"왜 그래?"

"아냐, 듣고 있어."

"이봐 밍기뉴. 난 말다툼하기 싫어. 불만이 있으면 빨리 말해줘."

"넌 이제 포르투갈 사람하고 하는 놀이만 하는데 나는 낄 수 없잖아."

나는 잠시 생각에 잠겼다. 그건 사실이었다. 밍기뉴가 이 놀이를 함께 할 수 없다는 생각을 못했던 것이다.

토론방향 : 밍기뉴와 뽀르뚜가 아저씨는 각각 제제에게 어떤 치료자 역할을 하고 있는가?

Part 8

교수 · 학습활동

주제 : 비밀

요점 : 누구에게나 비밀은 있을 수 있다. 그런데 여기에서의 비밀은 말 못할 비밀이 아니라 저 혼자만 간직하고 싶은 순수하고 아름다운 비밀이다. 행복의 비결인 것이다.

본문

처음에는 나에게 창피를 준 사람의 차를 타고 다닌다는 사실이 부끄러워 나와 그의 만남을 비밀로 했다. 하지만 나중에는 비밀이 하나쯤 있다는 사실이 마음에 들어 계속 이 만남을 비밀로 남겨 두기로 했다. 포르투갈 사람도 내가 하자는 대로 해주었다. 우리는 우리 사이를 아무도 눈치 채지 못하도록 하자고 굳게 약속했다. 그 첫째 이유는 아이들을 차에 태워주고 싶지 않아서였다. 그 사람이 또또까 형이라 하더라도 나는 자세를 낮춰 몸을 숨겼다. 그 다음 이유는 우리의 대화가 방해 받는 것이 싫었기 때문이었다.

토론방향 : 포르투갈에게 식민 지배를 받았던 브라질 사람들에겐 포르투갈 사람들은 미움의 대상이 된다. 뽀르뚜가 아저씨는 포르투갈 인이다. 그러나 제제에게 그는 아버지하고 바꾸고 싶을 만큼 따르고 좋아한다. 서로의 아픔을 이해하고 의지하며 신뢰하기 때문이다.

교수 · 학습활동

주제 : 호기심과 상처

요점 : 제제는 호기심이 많은 아이다. 그러나 그것은 말썽만 일으키는 심술궂은 장난으로 보일 뿐이어서, 그의 충동적 욕구를 이해하지 못하는 주변에는 성가신 악동으로 굳혀질 뿐이다. 아버지 역시 그런 제제를 못마땅해 하는 대표적 존재여서 제제의 상처는 쌓여만 간다.

본문

이사 온 뒤, 처음 얼마동안은 이웃의 눈도 있고 또 이웃사람들에게 잘 보이려고 얌전하게 행동했다. 그러나 그것도 잠시뿐, 어느 날 나는 지난번에 주웠던 여자용 검정 스타킹을 다시 찾아냈다. 그 스타킹을 실로 둥글게 말아 묶고 발가락 끝부분을 잘라 낸 다음 긴 연실을 발 끝에 매어 놓았다. 먼 곳에서 묶은 실을 잡아당기면 흡사 꼬리를 틀고 있는 독사뱀 같이 보였다. 이것으로 어두운 곳에서 장난을 치면 성공할 수 있을 것 같았다. 밤이 되자 식구들은 각자 자기 일에 열중하고 있었으며, 새 집에 이사 온 뒤로는 마음들이 모두 변해 다정하게 지내는 일이 드물었다. 나는 문 앞에서 숨을 죽이고 망을 봤다. 길가엔 희미한 가로등 불빛만 비치고 있었고 커다란 상록수 울타리는 그림자를 만들어 주고 있었고, 혹 가다 풀벌레 울음소리만 들릴 뿐 정적만이 깔려 있었다. 내 마음 속의 악마를 즐겁게 해 줄 손님을 기다리고 있었다. 이때 한 여자가 이쪽을 향해 오고 있었다. 나는 어둠 속에 몸을 숨긴 후 구두 발자국 소리가 가까이 다가왔을 때 독사뱀을 매단 실을 가만히 당겼다. 뱀은 당기는 대로 움직였으며 그러자 여자는 길 한 가운데 풀썩 주저앉아 버렸다. 나는 일이 이렇게 되리라곤 생각도 못했었다. 그 여자는 너무 큰 비명을 질렀고, 그 소리는 고요한 밤거리를 온통 뒤흔들어 놓았다. "악! 사람 살려요! 사람 살려! 뱀, 뱀이!" 그러자 사람들이 문을 활짝 열고 뛰어나왔다. 난 모든 것을 내팽겨 치고 쏜살같이 도망쳐 부엌으로 뛰어 들어갔다. 그리고 더러운 빨래들이 담긴 통 속으로 들어가 안에서 뚜껑을 닫아 버렸다. 심장이 두근거렸다. 그리고 그녀의 비명소리도 계속 들려왔다. "오 맙소사! 여섯 달 된 뱃속의 아이가 떨어지면 어떡해요." 난 더 놀랐다. 아니 놀란 상태를 넘어 두려움으로 벌벌 떨기 시작했다. 사람들은 횡설수설하며 울고 있는 그녀를 일으켜 집안으로 데려갔다. 그녀를 진정시키려 애썼지만 아직도 그녀는 울고 있었다.

또 다시 아빠의 손이 날아들었다. 그리고 또. 그러고 싶지는 않았지만 눈에서 눈물이 흘러내렸다. 내 얼굴은 얼얼함으로 감각이 없을 정도였다. 내 눈은 아빠의 손찌검을 따라 떴다 감았다를 반복했다. 나는 노래를 그만 두어야 할지 아빠가 시키는 대로 계속 불러야 할지 분간할 수가 없었다. 그러나 아픈 가운데에서도 한 가지 결심을 했다. 이것이 내가 맞는 마지막 매가 되도록 해야겠다는 것이었다. 맞아 죽는 한이 있더라도 이번이 마지막이 되도록 해야겠다고 결심하였다.

토론방향 : 제제의 호기심은 긍정적인 욕구의 분출이다. 이를 이해하지 못하는 사회의 무관심과 냉대는 상처의 동인이 된다. 제제의 호기심은 어떻게 상처로 쌓이는가?

Part 10

교수 · 학습활동

주제 :	서서히 상처가 아물다.
요점 :	뽀르뚜가 아저씨와 세실리아 선생님 등 주위의 사랑을 맛보면서 점차 그의 상처는 아물고 밝고 긍정적인 면이 두드러지게 나타나기 시작한다.

본문

나는 그에게 크리스마스에 있었던 이야기를 들려주었다. 다 큰 어른이 그토록 슬픈 얼굴을 할 수 있으리라고는 상상도 못했다. 그는 눈물을 글썽이며 내 머리를 쓰다듬었다. 그리고 두 번 다시 크리스마스에 선물을 받지 못하는 일이 일어나지 않도록 해주겠다고 약속했다. 세월은 아주 느리게 지나갔다. 행복한 나날이었다. 우리집 식구들은 내가 변했다는 것을 눈치 챈 것 같았다. 난 심한 장난도 치지 않았고 뒷마당 구석의 내 작은 세계에서만 살았다. 가끔씩 악마가 내 마음을 부추기는 때도 있었다. 그러나 예전처럼 심한 욕도 하지 않았고 더 이상 이웃을 괴롭히는 일도 없었다.

"뽀르뚜가!"

"음."

"난 절대로 당신 곁을 떠나고 싶지 않아요. 당신도 알지요?"

"왜?"

"당신이 세상에서 제일 좋은 사람이니까요. 당신이랑 같이 있으면 아무도 저를 괴롭히지 않아요. 그리고 내 가슴속에 행복의 태양이 빛나는 거 같아요."

"그래도 그렇지. 어떻게 이렇게 작은 애를 그렇게 때릴 수가 있어? 아직 여섯 살도 안 된 애인데, 오, 하느님 맙소사!"

"난 왜 그런지 알아요. 쓸모없는 애라서 그래요. 너무 너무 못돼서 크리스마스에도 착한 아기 예수처럼 되지 못하고 못된 새끼 악마가 됐어요."

"바보 같은 소리 마. 너는 천사야. 심한 장난꾸러기는 맞지만."

토론방향 : 제제는 어떻게 자신의 상처를 치유해 나가는가? 그리고 상처의 치유는 그의 성장에 어떤 역할을 하는가?

Part 11

교수 · 학습활동

주제 : 아빠로부터 벗어나다.

요점 : 제제는 아빠에 대한 아픈 기억을 지워냄으로써 아빠에 대한 원망과 불안 심리에서도 놓여나게 된다. 상처를 치유하는 나름대로의 긍정적이고 효과적인 방법을 터득하고 있다.

본문

"당신한테 거짓말하고 싶지 않아요. 정확히는 몰랐어요. 전 뭐든지 들으면 외우거든요. 정말 아름다운 노래였어요. 내용은 생각해 본 적 없었어요. 그런데 아빠는 날 자꾸자꾸 때렸어요. 뽀르뚜가, 걱정 마세요"

나는 엉엉 울었다.

"걱정 마세요. 죽여 버릴 거니까요."

"무슨 소릴 그렇게 해. 네 아빠를 죽이겠다고?"

"예, 죽일 거예요. 이미 시작했어요. 벅 존스의 권총으로 빵 쏘아 죽이는 그런 건 아니에요. 제 마음속에서 죽이는 거예요. 사랑하기를 그만 두는 거죠. 그러면 그 사람은 언젠가는 죽어요."

토론방향 : 마음속에서 죽이는 것 = 사랑하기를 그만 두는 것

Part 12

교수 · 학습활동

주제 :	뽀르뚜가와 밍기뉴는 하나였다.
요점 :	뽀뜨루가 아저씨가 죽자 제제는 밍기류가 잘려 나간 것으로 여긴다. 밍기류와 뽀뜨루가는 제제의 마음속에서 하나의 존재였던 것이다. 그 상실의 아픔을 통해 아빠와도 자연스러운 화해를 이루고 있다.

본문

"한 가지 소식이 더 있다. 네 라임오렌지나무도 그렇게 빨리 잘리진 않을 거야. 그게 잘릴 때쯤에는 우리가 멀리 이사 갈 테니까. 넌 그게 잘렸는지도 모를 거야."

나는 흐느끼며 아빠의 무릎을 끌어안았다.

"됐어요. 아빠 그건 상관없어요."

그리고 나를 따라 눈물을 흘리는 아빠의 얼굴을 보며 중얼거렸다.

"벌써 잘라 갔어요. 벌써 일주일도 전에 내 라임오렌지나무를 잘라 갔어요."

토론방향 : 제제는 어떻게 자신의 상처를 치유해 나가는가?
그리고 상처의 치유는 그의 인격성장에 어떤 역할을 하는가?

① 나무와의 무언의 대화, 즉 자신의 내면과의 소통을 통해 성장통과 상처를 극복해내는 과정을 살펴봄으로써 우리는 간접적 치유를 경험함과 더불어 그 정황을 자기치유의 방법으로 활용하게 된다.

② 친아버지의 억압적 횡포보다 뽀르뚜가 아저씨의 따뜻한 이해와 격려가 어린 마음을 치유하고 정신적 성장을 돕는데 있어서 얼마나 효과적인가를 작품을 통해 확인하는 것은 문학이 지닌 치유의 가치와 기능을 새삼 실감케 한다.

③ 라임오렌지나무도 꽃이 피어 어른 나무가 되고 뽀르뚜가 아저씨도 죽음으로써 제제는 성숙한 자아를 의식하고 비로소 어엿한 인격체로 자립하게 된다. 우리는 이 작품을 통해 치유에 있어서 사회적 환경과 자립의지의 중요성을 다시금 실감하게 된다.

④ 작품 속에서 자연을 대표해 그 존재와 위력을 과시하는 라임오렌지나무는 자연이 지닌 치유력을 강조함과 동시에 자연을 소재로 한 작품들의 문학 치유적 가치를 한층 돋보이게 한다.

note book

『나의 라임오렌지나무』를 읽고 (또 토론과 발표를 통해서) 나의 성장기는 어떻게 이루어졌는지, 그것이 지금도 나에게 어떤 영향을 주고 있는지 한번 되돌아보자. 또한 앞으로도 계속 이어질 상황에 어떻게 대처할지 생각해보자.

02 『데미안』 | 헤르만 헤세

⇨ 강의주제 : 방황과 고뇌를 통한 부단한 자아추구

⇨ 수업목표	청춘의 고뇌와 방황을 내면의 성찰을 통해 극복하고, 성숙한 자아를 추구해 나가는 싱클레어의 내면세계를 깊숙이 살펴봄으로써 분주한 일상 속에 함몰된 자신을 돌이켜보는 거울로 삼고자 한다. 어둠의 세계와 밝은 세계가 상징하는 사회의 이원적 갈등구조를 선과 악의 일원론적 통합으로 해소하려는 작가의 진의를 헤아려 철학적 이해를 넓히는 것도 이 작품을 공부하는 목적의 하나이다. 그의 작품 속에 자주 등장하는 꿈과 무의식의 심리학적 배경을 탐구하여, 동서양의 사상을 두루 섭렵한 지혜와 성찰이 돋보이는 작가의 심오한 정신세계에 한 걸음 다가가려는 시도 또한 의미 있는 일일 것이다.

1) 작가소개

독일 칼프에서 태어난 헤세(1977-1962)는 시인이자 소설 가로 섬세한 감성, 동양적인 관조, 진지한 내면의 탐구가 주조를 이루는 유려하고 낭만적인 필치로 노벨문학상을 수상했다. 『데미안』, 『수레바퀴 밑에서』, 『청춘은 아름다워라』, 『지와 사랑』 등 대부분의 소설이 꿈과 현실 사이의 괴리 속에서 방황과 좌절, 성장통을 앓고 난 자신의 체험과 고뇌를 담고 있어서 지금까지도 전 세계에 걸쳐 많은 청소년 독자를 거느리고 있다. 그중에서도 『데미안』은 어둠의 세계와 밝은 세계를 대비하며 그 극복을 통해 새로운 삶의 지표와 초월적 세계관을 제시하고 있다.

2) 요약과 핵심

부모의 품속에서 유년기의 안정을 누리던 싱클레어는 성장하면서 차츰 유혹과 두려움이 손을 내미는 어둠의 세계와 접촉하게 된다. 그러나 신앙심 깊은 부모의 품이 상징하는 밝은 세계에도, 프란츠 크로머라는 불량소년이 상징하는 어둠의 세계에도 만족하지 못한다. 부조리한 경계지점을 서성이며 방황과 갈등을 겪던 싱클레어는 구원적 존재인 데미안을 만나 밝은 세계와 어둠의 세계가 야기하는 '불구적 모순'에 눈을 뜨게 되고 선악의 이분법적 구도를 초월해 하나의 조화로운 세계를 이룸으로써 성숙한 자아에 이르게 된다. 이윽고 자신의 운명을 자신의 의지로 개척하며 창조해 나가는 주체적인 삶을 향한 고독한 여정이 시작되는 것이 작품의 요지다.

『데미안』은 제1차 세계대전을 분기점 삼아 헤세의 작품 경향이 전 후기로 구분되는 시기의 경계점과 다리를 이루는 작품으로 일컬어진다. 헤세가 정신분석 분야에 깊은 관심을 보이던 무렵의 작품으로 독심술, 집단무의식을 비롯한 무의식 세계에 관한 서술, 꿈에 관한 해석을 자주 인용하는 등 심리학적 여운이 밀도 있게 깔려 있다. 어둠의 세계(디오니소스)와 밝은 세계(아폴론)의 조화, 카인에 대한 재해석 부분에는 (권력의지로 충만한 초인)니체의 영향도 엿보인다. 진지한 내면적 성찰을 촉구하는 작품의 심층적 독해와 더불어 반전주의, 현대문명에 대한 비판, 동양사상에 심취했던 헤세의 사상가적 면모 역시 귀 기울여야 할 점이다.

3) 이 작품의 가치와 의미

헤세는 "모든 인간의 생활은 자신으로 향하는 길이고 길의 실험이며, 좁은 암시이다. 어떤 사람도 철저하게 자신이 된 적이 없었다. 그럼에도 제 나름대로 자신이 되어보려고 애쓰고 있는 것이다"라고 집필의 동기를 서문에서 밝히고 있다. 『데미안』은 그 해설서이며 경험론이자 신비적 상상력의 입체도면이다.

『나의 라임오렌지나무』처럼 이 책도 성장소설이며 내면과의 대화가 주조를 이룬다. 그러나 『데미안』은 서양의 이원론을 동양적 일원론으로 초극하고 있으며 그 내용이 이 책의 핵심과 정점을 이룬다. 현대문명의 몰락을 예언하고 동양적 자연관에서 그 해답을 구했던 헤세는 자아탐구에 각별한 열정을 기울였다. 『데미안』은 그 심원한 여정의 초입을 안내하는 이정표이다.

대개의 서구문학이나 사상이 동적이며 논리지향적인 외향성을 추구하는데 비해 동양의 내면 지향적이며 정적인 관조에 심취한 헤세는 동서양을 아우르는 작가로 일컬어진다. 또한 분석심리학자인 융과 친했던 헤세는 심리학적 요소를 그의 내면적 자아탐구의 배경과 도구로 원용하고 있는데 『데미안』에도 그런 흔적은 도처에서 발견된다.

자신을 망각한 채 물질 위주의 외향적 감각만 추구하는 현대인에게 『데미안』은 '잃어버린 자아 찾기'의 나침반이자 지도이다. 출판 당시보다도 오히려 지금 더 『데미안』의 진지한 독해가 필요한 거기에 이 책의 참다운 가치가 있는 것이다. 그것은 현대문명의 폐해를 지적한 헤세의 선구적 혜안을 입증하는 논거이기도 하다.

4) 핵심 톺아보기

① 두 세계의 갈등 구조와 상호 보완점은 무엇이라고 생각하는가?

② 꿈과 상상의 세계, 신비주의가 작품의 배경을 이루고 있다. 그것들은 작가의 잠재적 내면과 어떤 관계가 있을까?

③ 카인과 십자가에 묶인 두 죄수에 대한 데미안의 새로운 해석은 어떤 사상적 배경을 지니고 있는가?

④ 베아트리체와 에바부인이 각각 상징하는 여성성은 무엇인가?

⑤ 싱클레어와 데미안은 소설의 끝부분에서 전쟁터로 나간다. 이들에게 전쟁은 어떤 의미가 있는가?

5) 독서토론 예시문

Part 1

교수 · 학습활동

주제 : 두 세계

요점 : 싱클레어는 아버지의 집에 속하는 밝은 세계, 즉 사랑과 평화, 온화하고 다정스런 언어, 깨끗한 옷, 모범적 예의, 찬송가가 울려 퍼지는 선의 세계에서 벗어나 차츰 어둠의 세계를 체험하며, 경이로움에 눈 뜨기 시작한다. 그 세계는 기존의 세계 밖에 위치한 악의 세계로 하녀와 직공, 술주정뱅이들의 거친 언어, 폭력, 더러움이 꾸려나가는 세계이다. 그러나 술과 여자, 자유로움, 낭만이 깃들어 있어서 은밀한 유혹을 맛볼 수 있는 황홀한 세계이기도 하다.

본문

두 세계는 얼마나 가까이 함께 있었는지! 예를 들면 우리 집 하녀 리나는 저녁 기도 때 거실 출입문 옆에 앉아 씻은 두 손을 매끈하게 펴진 앞치마 위에 올려놓고 밝은 목소리로 함께 노래 부르는데, 그럴 때 그녀는 아버지와 어머니, 우리들, 밝음과 올바름에 속했다. 그 후 곧바로 부엌에서 혹은 장작을 쌓아둔 광에서 내게 머리 없는 난쟁이들 이야기를 들려주거나 푸주간의 작은 가게에서 이웃 아낙네들과 싸움을 벌일 때 그녀는 딴 사람이었다. 다른 세계에 속했다. 비밀에 에워싸여 있었다.

나는 다른 것들 속에서 살고 있었다. 비록 그것이 낯설고 무시무시했고, 그곳에서는 규칙적으로 양심의 가책과 불안을 얻을지라도, 심지어 한동안 내가 가장 살고 싶어 한 곳은 금지된 세계 안이었다. 그리고 밝음 속으로의 귀환은 ㅡ그것이 제아무리 필연적이고 선하더라도ㅡ 덜 아름다운 것, 보다 지루한 것, 보다 황량한 곳으로 돌아가는 것 같았다.

간추려보기

밝음의 세계	어둠의 세계
- 밝음과 맑음이 함께하는 세계	- 하녀와 직공, 노파마술사
- 종교의 세계	- 주정뱅이들의 세계
- 부모의 품	- 거칠고 소란스럽고 폭력적인 세계
- 의무와 관용, 평화와 질서의 세계	- 수수께끼와 유혹이 넘치는 세계
- 선(善, 천사)의 세계	- 악(惡, 악마)의 세계
- 아버지의 세계	- 크로머의 세계

토론방향

① 밝은 세계와 어둠의 세계는 각각 무엇을 상징하는가?

② 싱클레어는 어둠의 세계뿐 아니라 밝은 세계만으로도 만족하지 못한다. 그 이유는?

Part 2

교수 · 학습활동

주제 : 데미안과의 만남

요점 : 어둠의 세계에서 크로머의 횡포에 시달리던 싱클레어는 데미안이라는 구원의 손길과 만난다. 그는 선이나 악에 일방적으로 치우치지 않는 독특한 영혼과 의지의 소유자다. 싱클레어는 그에게서 카인의 표적에 관한 상반된 관점을 배우고, 예수와 함께 십자가에 못 박힌 두 죄인에 관한 색다른 해석에 귀 기울인다. 그것은 아버지의 가르침과는 다른 강한 생명성과 인간의 자유의지에 대한 자각으로, 선에만 치우쳐 악을 도외시하고 또 하나의 세계를 금단의 구역에 가두는 기독교의 일방적인 독단을 비판한다.

본문

“그것은 편지에 찍히는 소인처럼 정말로 이마에 찍힌 표적은 아니었을 거야. 사람 사는데 그렇게 단순한 일은 드물어. 오히려 그건 뭔가 거의 알아볼 수 없는 무시무시한 그 무엇이었을 거야. 그것은 비범한 정신과 담력이었을 거야. 카인에게는 힘이 있었고 사람들은 그를 겁냈어. 그는 표적 하나를 가지고 있었어. 그걸 사람들은 자기 원하는 대로 설명할 수 있었어.”

“선, 고귀함, 아버지다움, 아름답고도 드높은 것을 대표하는 여호와 신 못지않게 세계는 다른 것으로도 이루어져 있어. 그런데 다른 건 죄다 악마한테 미루어지는 거야. 세계의 다른 부분이 통째로 숨겨지고 묵살되는 거야. 그러니까 우리는 신에 대한 예배와 더불어 악마 예배도 가져야 해.”

간추려보기

① 카인에 대한 재해석
② 데미안의 신비
③ 종교적 갈등
④ 음악과 시와 예술의 세계
⑤ 십자가와 두 죄인에 관한 재해석
⑥ 금지와 억압에 대한 재해석
⑦ 선과 악의 이분법적 모순과 그 통일

토론방향 : 작품의 전개에 있어서 크로머와 데미안의 역할이 갖는 각각의 의미는 무엇인가?

Part 3

교수 · 학습활동

주제 : 베아트리체

요점 : 베아트리체는 실제적이기 보다 상징적인 존재다. 어둠의 세계의 피해자에서 어느새 가해자로 변한 싱클레어는 새롭게 이성에 눈뜨기 시작하면서 만난 베아트리체를 통해 어둠의 세계에 처한 자신을 돌이켜보고 밝은 세계로의 주체적인 복귀를 꾀한다. 새롭게 발견한 순결과 경건, 자율적 금욕, 욕망의 승화, 영혼의 정화, 안정으로 이루어진 밝은 세계이다. 그러나 이 세계도 완성된 세계는 아니다.

본문

그리고 자신을 그녀에게 바침으로써 자신을 정신에, 신들에게 봉헌했다. 어두운 힘들에서 내가 빼어낸 삶의 몫을 밝음의 힘들에게 제물로 바쳤다. 나의 목표는 쾌락이 아니라 정결함이었다. 행복이 아니라 아름다움과 정신이었다. 이 베아트리체 예배는 나의 삶을 송두리째 바꿔 놓았다. 나는 냉소주의자였는데 이제 성인이 되겠다는 목표를 지닌 사원의 하인이었다.

간추려보기

① '어둠의 세계'에서의 방황
② 청춘의 고뇌
③ 밝은 세계로의 복귀
④ 순결, 경건, 아름다움의 발견
⑤ 이성에 대한 욕망의 승화
⑥ 꿈속의 초상화

토론방향 : 베아트리체의 캐릭터는 무엇인가?

Part 4

교수 · 학습활동

주제 : 아프락사스

요점 : 알의 세계에서 알을 깨고 바깥의 세계로 나가야만 한다. 그것은 정통과 이단, 신적인 것과 악마적인 것을 아우르는 총체적 조화를 의미하며 광활하고 편벽되지 않은 무한의 세계이다. 따라서 어둠의 세계를 외면하고 억압하는 밝은 세계의 도그마를 선과 악의 합일을 통해 극복하려는 것이다. 또 다른 두 세계 중 외부의 세계에만 치중해 온 피상적 시각을 깨고 내면의 세계에 귀를 기울이게 하는 피스토리우스와의 대화부분은 아프락사스를 설명하는 종결어미적 역할을 한다.

본문

"새는 알에서 나오려고 투쟁한다. 알은 세계이다. 태어나려는 자는 하나의 세계를 깨뜨려야 한다. 새는 신에게로 날아간다. 신의 이름은 아프락사스다."

우리가 얼마나 위대한 창조자인지, 우리 영혼이 얼마나 지속적으로 세계의 끊임없는 창조에 관여하는지! 우리들 안에서 활동하는 것은 똑같은 불가분의 신성이다. 바깥세계가 몰락한다 해도 우리들 중 하나는 그 세계를 다시 세울 능력이 있다. 산과 강, 나무와 잎, 뿌리와 꽃, 자연의 모든 영상이 우리들 마음속에 미리 만들어져 있어서 그 영혼에서 나오기 때문이다.

"우리가 보는 사물들은 우리들 마음속에 있는 것과 똑같은 사물들이지. 우리가 우리들 마음속에 가지고 있지 않은 현실이란 없어. 그렇기 때문에 사람들이 그토록 비현실적으로 사는 거지. 그들은 바깥에 있는 물상들만 현실로 생각해서 마음속에 있는 그들 자신의 세계가 전혀 발현되지 못하게 하기 때문이야."

간추려보기

① 알의 세계
② 알에서 깨어남
③ 신적인 것과 악마적인 것의 통합
④ 꿈과 무의식과 심리학
⑤ 피스토리우스와의 대화
⑥ 고독과 내면세계로의 침잠

토론방향

① '알'의 세계와 바깥 세계와의 차이는?
② 밝은 세계와 어둠의 세계의 이원성을 동시에 지닌 아프락사스의 존재는 무엇인가?

교수 · 학습활동

주제 : 에바부인

요점 : 데미안의 어머니로 작품 속에서 데미안이 상징하는 캐릭터의 모태이기도 한 에바부인은 어둠과 밝음, 남성과 여성, 신성과 속성, 영혼과 육체가 혼융된 상징적 존재다. 싱클레어는 에바부인을 통해 두 세계의 진정한 합일을 이루고자 한다. 그리고 알의 세계, 즉 이 세계를 깨부수지 않고선 다다를 수 없는 새로운 세계를 향하게 된다.

본문

천천히 나는 그 표적을 지닌 사람들의 비밀을 전수받았다. 표적을 지닌 우리들은 세상의 눈에는 광인들로 비칠지도 몰랐다. 그러나 우리는 깨어난 사람들, 혹은 깨어나고 있는 사람들이었다. 그리고 우리의 노력은 점점 더 완벽한 깨어있음을 지향했다.

"당신이 믿지 않는 소망들에 몰두해서는 안 됩니다. 당신이 원하는 것이 무엇인지 나는 알아요. 그런 소망들을 버릴 수 있어야 합니다. 아니면 완전히 올바르게 소망하든지요. 당신의 마음속에서 성취를 확신하도록 소망할 수 있다면 성취도 있는 것입니다. 그러나 당신은 소망하고, 다시 후회하고 그러면서 두렵지요."

간추려보기

① 꿈속의 여인상
② 남성성과 여성성의 조화
③ "인간은 자신의 꿈을 발견해야 한다."
④ 남을 부르는 법을 알다
⑤ "사랑은 이끌리는 게 아니라 이끄는 것이다."
⑥ 전쟁터에서의 데미안과 조우

토론방향 : 에바부인의 이중성과 그 상징적 의미는 무엇인가?

① 작품에 나오는 감동적인 장면이나 문장, 대사를 떠올리며, 반복해서 리듬을 타고 외우고 필사함으로써 내부적 충격과 감동의 진폭을 확장한다.

② 작품 속에서 꿈을 통해 무의식이 의식화 되는 상황을 간접 경험함으로써 의식의 명료화를 꾀한다.

③ 작품 속의 신화적 상상력, 은유와 상징에 자신을 대입하여 무의식적 억압을 이끌어 내 의식과의 화해를 꾀한다.

④ 부단한 성찰을 통해 내면적 방황을 극복하고 진정한 자아를 추구하는 작가의 세계를 강도 깊게 스스로에게 각인시켜 인격의 향상을 꾀한다.

⑤ 크로머와 데미안, 에바부인과 베아트리체, 알과 알 밖의 세계, 어둠의 세계와 밝은 세계, 선과 악의 이분법적 결핍과 불완전이 아프락사스로 일원화되어 극복되는 과정을 진지하게 살펴봄으로써 삶에 대한 궁극적 긍정을 굳히는 자기치유를 꾀한다.

note book

자신이 처해 있는 상황과 절실하게 연계되는 문장이라면 그것이 곧 명언이다. 『데미안』에서 나에게 깊은 감명을 준 문장이 있다면 정리해 보자.

03 『지적 대화를 위한 넓고 얕은 지식 – 철학편』 | 채사장

⇨ 강의주제 : 철학은 왜 여전히 유효한가?

⇨ 수업목표	철학은 자신의 존재와 가치 실현에 대한 기본적 방향을 제시해 주는 필수적 학문임에도 불구하고 외면하거나 소홀히 하는 경향이 있다. 지나치게 실용적인 현실추구에 급급한 탓도 있지만 대부분의 철학서들이 너무 난해하고 수업이 지루하고 추상적인 요인 때문이기도 하다. 따라서 철학의 대중화 바람을 일으킨 시중의 책을 함께 읽고 토론함으로써 철학을 쉽게 이해하고 곧장 실생활에 활용할 수 있도록 유익하고도 흥미로운 수업을 한다. 고대 그리스로부터 현재까지 논쟁이 그치지 않는 기본적인 철학의 주제들을 가려내 거기에서 파생된 다양한 갈래를 간추리고 퍼즐을 새롭게 짜 맞추어 철학의 실질적 보편화에 창의적으로 참여하도록 한다. 또한 왜 사는가와 더불어 어떻게 살아야 하느냐에 대한 해답을 동시에 구해야 하는 자신의 존재적 실상을 일깨움으로써 철학에 대한 주체적 인식을 새롭고 깊게 한다.

1) 저자 소개

학창시절부터 하루에 한 권의 책을 읽을 정도로 다독가였으며, 다양한 분야에 왕성한 호기심과 관심을 보였다. 성균관대학교 국문과를 나와 대학입시 논술지도 강사로 일했고 자신을 지식가게의 사장이라고 생각하기에 채사장이라고 부르는 그는 『지적 대화를 위한 넓고 얕은 지식』이 기록한 획기적 부수의 판매고를 통해 베스트셀러 작가 군에 올랐다. 현재 강연과 함께 방송진행자로도 활동하며 그가 진행하는 팟캐스트 〈지대넓얕〉은 큰 인기를 누리고 있다.

2) 이 책의 가치와 의미

철학은 종교와 달리 신의 존재가 관건이 되지는 않는다. 그리고 기도와 예배가 아닌 연구와 사색이 그 수단이다. 신은 우주와 만물을 창조한 태초의 존재로 일컬어지는 반면 예술은 끊임없이 신의 창조물을 주물러 재창조의 손길을 놀린다. 그러나 철학은 진리와 사물에 대한 궁리와 분석에 매달릴 뿐 무에서 유를 생산하는 창조에까지 이르지는 않는다. 철학은 무지와 무분별, 불합리의 미망으로부터 인류의 정신이 깨어나도록 이성을 부추기고 선도하는 안내 역할을 담당한다.

철학은 본질을 추구하면서도 실제의 생활과 유리되지 않은 일상의 윤리와 실존에 대한 천착을 놓치지 않는다. 고대 그리스철학이 지금도 철학사의 기반으로 자리 잡고 막강한 영향력을 행사하는 것은 철학의 보편적 가치를 실감하게 한다. 다양한 장르의 주제를 다루는 이 책에서 저자는 난해하고 딱딱한 철학을 이해하기 쉽고 흥미롭게 풀이 해놓았다. 사실 철학을 논할 때 쉽게 설명하기가 더 어렵고 난감한데 마치 손에 쥐어주듯이 세심한 친절을 베풀고 있는 것이다.

철학은 관념에 빠지면 현실과의 거리를 좁히기 힘들고 너무 실용만 좇다보면 가볍고 단순해지기 쉽다. 이 책은 그 점을 경계하고 합리적이며 실천적 철학의 진수를 간추려 집약해 놓고 있다. 철학을 생활화하고, 상식과 교양 쌓기 차원에서 철학의 본질에 접근하려는 일반인에게 효과적인 입문서로 권하기 좋은 책이다

3) 핵심 톺아보기

① 진리는 가깝고 평범한 사실 속에 깃들어 있다고 한다. 일상 속에서 놓치기 쉬운 진리에는 어떤 것이 있는가?

② 그리스철학이 차지하는 철학사적 위치와 비중은 무엇인가?

③ 종교와 철학의 공통점과 차이점은 무엇인가?

④ 언어는 철학에서 어떤 기능을 하는가?

⑤ 현대철학과 고대철학의 차이는 무엇인가?

4) 독서토론 예시문

Part 1

교수 · 학습활동

주제 : 진리에 대한 고찰

요점 : ① 현실의 세계와 현실 너머의 세계
-실제의 세계와 상상의 세계
-진리의 절대성, 보편성, 불변성
② 절대주의 · 상대주의 · 불가지론 · 실용주의
③ 진리의 역사 : 자연신(원시) → 신화(고대) → 유일신(중세) →
이성(근대) → 반이성(현대)

본문

인간이 동물과 다른 점을 나열해 보면 끝도 없을 것이다. 그중에서 가장 근본적인 차이점은 인간만이 두 개의 세계에 산다는 것이다. 두 세계는 현실의 세계와 현실 너머의 세계다. 동물은 주어진 현실을 있는 그대로 받아들이며 현실세계에 온전히 적응해서 살아가지만 인간은 현실 세계에 발 담그고 있으면서도 동시에 현실 너머를 보려고 하고 현실을 초월하려고 하며 현실이 아닌 것에 대해서 상상하려고 한다. 인간에게 현실과 현실 너머의 세계는 어느 것이 더 근본적이라고 말하기 힘들 정도로 서로 영향을 주고받는다.

토론방향 : 진리에 있어서 현실과 이상의 조화는 어떻게 가능할까?

참고자료 : 버트란트 러셀의 〈서양 철학사〉

교수 · 학습활동

주제 : 고대철학

요점 : 그리스철학은 고대철학의 집대성이고 철학의 근원적 위치를 차지한다. 역사상 철학이 그 주석에 불과하다고 해도 과언이 아닐 만큼 우주와 진리의 본질과 가치에 대해 다양하고 방대한 해석을 체계적으로 다듬어 놓았다. 대표적 철학자로 소크라테스, 헤라클레이토스, 피타고라스, 데모크리토스, 플라톤, 아리스토텔레스 등이 꼽힌다.

본문

절대주의는 절대적이고 보편적이며 불변하는 단일 진리를 추구하는 입장이다. 반면 상대주의는 절대적 진리를 부정하는 입장이다. 고정불변의 진리를 부정하는 대신 변화하는 다양한 진리가 존재한다고 믿는다. 이 두 입장은 고대부터 근대까지 철학의 주도권을 놓고 다퉈왔다. 이들과는 달리, 처음부터 이들과 함께 있었지만 항상 무시당하고 존재감이 없던 회의주의도 철학의 한 축을 담당한다. 회의주의는 단일한 진리를 부정한다는 면에서 상대주의와 유사하지만, 더 극단적으로 인간이 진리에 도달할 방법 자체를 결코 인정하지 않는다는 점에서 차이가 있다. 고대부터 근대까지 역사에서 회의주의는 항상 주요 담론에서 배제되어 있었다. 그러다가 현대에 이르러 회의주의는 세련된 형태로 나타나 판 전체를 뒤흔든다.

플라톤은 본질적이고 영원한 이데아 세계를 제시함으로써 절대주의 철학의 시조가 되었다. 서구 철학 전통의 거대한 축을 담당하는 절대주의는 모두 변형된 형태의 이데아 사상이라 해도 과언이 아니다. 영국 철학자 화이트헤드가 "2000년의 서양 철학은 모두 플라톤의 각주에 불과하다"라고 한 말의 의미가 여기에 있다. 플라톤의 철학은 불완전하고 제한적인 인간에게 완전하고 무한한 진리의 세계가 있음을 알림으로써 인간의 가능성을 극대화했다는 의의가 있다. 하지만 완전한 세계를 상정함으로써 상대적으로 현실 세계의 가치를 저하하고 일상을 초라하게 만들었다.

아리스토텔레스는 가장 근원적이고 보편적인 진리에 대해서도 관심을 가졌지만, 그의 주된 관심사는 현실의 존재였다 그는 실체가 없는 이데아보다는 눈에 보이는 현실 세계의 원리를 파악하고자 했다. 그는 세계에 존재하는 개체들을 '질료'와 '형상'이라는 개념으로 구분해서 파악했다.

간추려보기

① 철학의 기본 명제 : 절대주의 · 상대주의 · 회의주의
② 그리스철학 : 철학사의 문을 연 자연철학자들(탈레스, 헤라클레이토스, 데모크리토스 등) 소피스트와 소크라테스의 '산파법'
③ 플라톤과 아리스토텔레스 : 플라톤의 이데아, 아리스토텔레스 '질료와 형상'

토론방향 : 철학은 고대 그리스 철학의 다양한 주석이라는 견해에 대해 어떻게 생각하는가?

학습자료 : 소크라테스의 〈산파법〉, 플라톤의 〈대화편〉, 아리스토텔레스의 〈시학〉

Part 3

교수 · 학습활동

주제 : 중세철학

요점 : 기독교의 신정정치가 대세를 이루던 시기, 기독교를 철학적으로 체계화한 것으로 교부철학과 스콜라철학이 중심을 이루고 있다. 플라톤 철학을 도입한 아우구스티누스의 삼위일체설과 예정론, 아리스토텔레스의 영향이 짙은 아퀴나스의 신학대전이 대표적이다.

본문

실제로 지금의 그리스도교 사상은 플라톤의 절대주의와 유사하다. 예를 들어 신플라톤주의의 '일자'는 그리스도교의 '하느님'에 해당하고, 플라톤의 '이데아 세계'는 그리스도교의 '천국'에 해당한다. 플라톤 사상에서 완전한 이데아 세계와 불완전한 현상 세계를 구분하는 이분법은 그리스도교에서 완벽한 천상 세계와 타락한 지상 세계를 구분하는 이분법과 동일하다.

스콜라철학은 초기를 거쳐 중기에 이르면서 아리스토텔레스의 사상적 흐름을 도입했다. 즉 플라톤의 이데아적 절대주의 대신 그동안 기독교 철학 내에서 배제되었던 현실적이고 물질적인 세계에 대한 분석에 차츰 관심을 가진 것이다. 중세 그리스도교 철학 안에서 플라톤주의와 아리스토텔레스주의의 충돌을 잘 보여주는 것이 '보편논쟁'이다. 보편논쟁은 중세 스콜라철학의 처음과 끝이라고 할 수 있을 정도로 비중이 큰 논쟁이었다. 보편논쟁의 핵심은 하나의 질문에서 시작한다. "보편이 실제로 존재하는가?" 이 얼토당토않은 질문이 중세 그리스도교 철학을 이끌었다.

간추려보기

① 교부철학
- 기독교의 철학적 변용－플라톤 이데아 사상의 차용
- 아우구스티누스의 기독교 교리 체계화와 그의 구원론과 예정론

② 스콜라철학
- 아리스토텔레스 사상의 도입
- 기욤의 실재론과 로스켈리누스의 유명론 논쟁, 그리고 아벨라르의 통합
- 로스켈리누스의 삼위일체에 대한 부정
- 토마스 아퀴나스의 사상

토론방향 : 고정 불변의 진리와 다양하게 변화하는 진리의 차이

학습자료

① 아우구스티누스의 〈고백록〉 〈신국론〉
② 토마스 아퀴나스의 〈신학대전〉

교수 · 학습활동

주제 : 근대철학

요점 : 신 중심이던 중세철학의 도그마에서 벗어나 이성 중심의 사회적 분위기가 반영된 철학 사조로 중세의 유명론과 실재론이 합리론과 경험론으로 그 주제를 바꿔 인식론적 지평을 확장한다. 칸트의 관념론은 데카르트의 합리론과 베이컨의 경험론을 통합한다. 이 시기의 철학자로 데카르트, 베이컨, 칸트, 스피노자, 헤겔, 쇼펜하우어, 니체 등을 꼽을 수 있다.

본문

세계에는 두 종류의 사람이 있는 것 같다. 본질이 중요하다고 믿는 사람들과 현상이 중요하다고 믿는 사람들 말이다. 철학이라는 분야가 어렵고 복잡해 보이지만 실제로는 세부 내용만 조금씩 바뀔 뿐, 이 두 종류의 사람들이 시대를 초월해서 싸우고 있는 것이다.

오랜 전쟁으로 유럽은 허무주의적이고 회의적인 분위기가 형성되어 있었으며 신과 교회의 권위가 약화되고 있었다. 데카르트는 이런 불확실하고 혼란스러운 시대적 분위기를 극복하려면 누구도 의심할 수 없는 절대적이고 확고한 진리가 필요하다고 생각했다. 절대적인 진리를 찾는 방법으로 모든 것을 의심해 보기 시작했다. 모든 것을 의심하다보면 도저히 의심할 수 없는 절대적인 진리가 나타날 것이라고 생각했다. 절대적 진리가 발견된다면 그때부터 이 단단한 기반을 토대로 모든 학문 체계를 재정립할 수 있을 것이다. 이렇게 진리를 발견하기 위해서 모든 것을 의심하는 데카르트의 방법을 '방법적 회의'라고 한다.

경험론에 의하면 세상의 모든 진리는 자연에 있고, 우리는 자연에서 규칙과 질서를 찾아내기만 하면 되는 무신론적 측면이 강했기 때문이다. 경험론의 진리 탐구 방법에는 신이 개입할 여지가 전혀 없었다. 그래서 경험론은 중세의 신중심주의를 끝내고 근대 이성 중심주의와 근대 과학을 탄생시키는 데 주요한 역할을 한 것으로 평가된다.

철학 전체는 핵심적인 두 가지 전통으로 이어진다는 것이었다. 절대주의-실재론-합리론으로 이어지는 하나의 축과, 상대주의-유명론-경험론으로 이어지는 또 다른 축이다. 그런데 여기서 합리론과 경험론을 종합했다는 것은 사실 철학 전체의 두 사조를 종합했다는 의미로도 볼 수 있다. 칸트는 2000년 넘게 이어져오던 거대한 철학적 논쟁을 종결지은 것이다. 18세기에 활동했던 이 경이적인 인물의 업적은 '관념론'으로 알려져 있다.

간추려보기

① 합리론과 경험론 : 중세 보편논쟁, 실재론(절대주의)와 유명론(상대주의)의 변형, 본질과 현상의 차이
② 존재론과 인식론 : 존재론은 진리가 무엇인지에 대한 탐구라면 인식론은 진리에 도달하는 방법에 관한 탐구, 이성과 경험의 차이
③ 데카르트 합리론 : "나는 생각한다. 그러므로 존재한다." 방법적 회의, 감각/일반/보편지식
④ 베이컨 경험론 : 근대 이성중심주의와 근대과학에 미친 영향, 종족/동굴/시장/극장의 우상, 귀납법
⑤ 칸트 : 합리론과 경험론의 종합, 현상과 물자체, 감성형식과 지성형식
⑥ 헤겔, 마르크스, 니체 : 헤겔의 변증법, 마르크스의 유물사관, 니체의 영원회귀와 초인 사상

토론방향 : 정, 반, 합에 이른 변증법적 통합은 왜 다시 이원론으로 환원되는가?

학습자료

① 데카르트의 〈방법서설〉
② 베이컨의 〈학문의 진보〉
③ 칸트의 〈순수이성비판〉, 〈실천이성비판〉, 〈판단력 비판〉
④ 헤겔의 〈정신현상학〉
⑤ 마르크스의 〈자본론〉
⑥ 니체의 〈자라투스트라는 이렇게 말했다〉

교수 · 학습활동

주제 : 현대철학

요점 : 절대주의 상대주의가 혼융된 현대철학은 실존주의의 대두를 필두로 하이데거의 존재에 대한 탐구와 비트겐슈타인의 언어에 대한 탐구, 니체의 '탈주체적 해체'에 젖줄을 대는 프랑스 현대철학이 주류를 이루고 있다.

본문

근대가 데카르트, 베이컨, 칸트, 헤겔 등의 걸출한 철학자를 낳으면서 절대주의와 상대주의의 종합으로 나아가고 있었지만, 이와 동시에 회의주의적인 사조도 그 모습을 유지해 나갔다. 쇼펜하우어로 대표되는 염세주의나 키에르케고르에서 야스퍼스로 이어지는 실존주의는 종교, 이성이라는 기존 가치를 거부하고 개인의 삶과 개체의 한계에 대해서 논했다. 이러한 철학적 조류는 철학사의 거인인 니체에 이르러 극단화되었고, 결국 중세의 종교와 근대의 이성을 전복시켜 현대의 포스트모던이 등장하는 길을 열었다.

하이데거는 철학에서 가장 중요한 문제인 '존재'가 고대 그리스 이후로는 한 번도 제대로 다뤄지지 않았다고 주장했다. 그리고 그것은 언어적 혼란에서 기인한다고 보았다. 하이데거는 존재의 문제에 접근하기 위해서 가장 먼저 언어를 명확히 한다. 이에 따라 '존재'와 '존재자'가 구분된다. 이게 무슨 말장난인가 싶겠지만, 하이데거 철학에서 가장 중요한 논점이 '존재'와 '존재자'의 구분에 있다. 그에 따르면 사람들은 지금까지 존재와 존재자가 분명히 다름에도 불구하고 그 차이를 망각함으로써 존재자에게만 관심을 가졌지, 존재를 탐구하는 데까지 이르지 못했다. 그럼 존재와 존재자 사이에는 어떤 차이가 있는가? 하이데거에 따르면 '존재는 존재자를 존재자이게 하는 것'이고 '존재자는 우리가 말하는 모든 것'이다. 다만 이 모든 것 안에 존재는 포함되지 않는다. 존재는 특정 존재자가 아니다.

본질로 존재하지 않는 나는 어떻게 존재하는가? 나에게 뒤집어씌워진 본질을 하나씩 벗겨내고 어떠한 규정과 억압으로부터도 자유로워지면, 나에게는 단지 세 가지만이 남게 된다. 그것은 '내가', '지금', '여기' 있다는 사실이다. 인간은 규정되지 않고 절대적으로 자유로우며 실존하는 존재다. 사르트르는 이에 대해 "인간은 자유롭도록 저주받은 존재다"라고 말했다.

간추려보기

① 하이데거 : 그리스 존재론의 부활, 존재와 존재자에 대한 탐구, 현존재와 시간성
② 비트겐슈타인 : 언어에 대한 탐구, 전기철학과 '그림이론', 후기철학과 '가족유사성'
③ 실존주의 : 키에르케고르의 유신론적 실존주의와 사르트르의 무신론적 실존주의, 본질적 존재와 실존, 니체와 실존주의

토론방향

① 본질로 존재하지 않는 나는 어떻게 존재하는가?
② 그리고 '내가' '지금' '여기' 있다는 사실은 무엇을 뜻하는가?

학습자료

① 하이데거의 〈존재와 시간〉 ② 비트겐슈타인의 〈논리철학논고〉
③ 키에르케고르의 〈죽음에 이르는 병〉

① 불가(佛家)에서는 세상을 고해라고 이른다. 그것은 생 자체가 그만큼 상처의 여지를 많이 안고 있다는 뜻이기도 하다. 살아가는 동안 우리는 알게 모르게 숱한 마음의 상처를 입게 된다. 그러나 대부분 그 상처를 묵혀두거나 가까운 이웃에게 투사하기 쉽다. 그럼으로써 상처는 이웃에게까지 번지고 심화된다. 따라서 삶의 질은 상처를 어떤 방식으로 치유하느냐에 달려있다고 볼 수 있다.

② 우리는 흔히 금욕과 절제를 통해 상처의 소지가 있는 욕구와 감정을 억제한다. 이때 그 상처의 요인은 근본적으로 해소되지 않고 내면세계 깊숙이 잠재해 장기적으로 내부의 상처 군을 형성한다. 그리고 끊임없이 보이지 않는 저항과 탈출을 시도한다. 그러다가 때로 엉뚱한 때와 장소에서 당황스럽고 난처한 모습으로 존재를 과시하기도 한다. 어떤 상처는 수시로 재발하며 다른 상처와 합세해 악화되는 경우도 있다.

③ 상처는 주변과 그 실상을 허심탄회하게 털어놓고 분노, 슬픔, 아픔, 부끄러움, 죄책감 등을 진솔하고 따뜻하게 나누는 것만으로도 치유될 수 있다. 자신의 말에 진심으로 귀 기울여주는 이웃이 함께한다는 사실만으로 마음은 한결 후련해질 수 있기 때문이다.

④ 대개 타자와의 관계에서 발생하는 감정을 억누르고 묵혀두기 급급할 뿐 대화를 통해 해소하지 못하는 소통부재의 현장에서 상처는 빈번하고 쌓여간다. 철학은 진리를 탐구한다. 그리고 사회적 합의와 생의 보편적 가치를 추구한다. 더러 외부적 사회현상을 다루기도 하지만, 심오하고 복잡다단한 내면을 탐색해 미지의 정신세계를 명징하게 밝혀내기도 한다.

⑤ 무엇보다도 철학은 진정한 소통의 텍스트 역할을 한다. 사회적 갈등 구조를 정하게 진단하여 외부적 상처의 원인을 일러주고, 내면세계의 실체를 체계적으로 정리해 돋보여줌으로써 근본적 치유를 도와준다. 진지한 성찰과 반조의 기회를 제공해 주는 것만으로도 철학은 훌륭한 치료자의 역할을 하는 것이다.

note book

왜 옛사람들이 현대인에 비해서 철학(哲學)적이었을까? 철학은 삶의 지혜를 터득하는 것이다. 유교문화권인 우리는 알게 모르게 철학의 뿌리를 지니고 있다. 우리에게 철학이란 무엇인지 한번 되새겨 보도록 하자.

04 『지적 대화를 위한 넓고 얕은 지식 – 예술편』 | 채사장

⇨ 강의주제 : 예술의 창조적 가치

⇨ 수업목표	철학을 통해 생의 보편적 진리와 자아에 대한 인식을 새롭게 한 여세를 몰아 문화의 첨병인 예술의 세계를 미술사 중심으로 탐구해 진선미의 균형과 조화를 꾀한다. 나아가 예술에 대한 피상적 관점에서 벗어나 생활과 밀접한 예술적 가치를 직접적으로 향유하는 주체적 입장을 강화한다.

1) 저자 소개

학창시절부터 하루에 한 권의 책을 읽을 정도로 다독가였으며, 다양한 분야에 왕성한 호기심과 관심을 보였다. 성균관대학교 국문과를 나와 대학입시 논술지도 강사로 일했고 자신을 지식가게의 사장이라고 생각하기에 채사장이라고 부르는 그는 『지적 대화를 위한 넓고 얕은 지식』이 기록한 획기적 부수의 판매고를 통해 베스트셀러 작가 군에 올랐다. 현재 강연과 함께 방송진행자로도 활동하며 그가 진행하는 팟캐스트 〈지대넓얕〉은 큰 인기를 누리고 있다.

2) 이 책의 가치와 의미

철학은 실존주의나 실용주의 철학조차도 다분히 관념적 추상성에서 자유로울 수 없는 반면 예술은 추상예술도 미학적 가치만으로 지극히 실용적일 수 있다. 보이지 않는 한 편의 음악이 주는 감동은 어느 실제 사물 못지않은 직접적 효과를 선물하기 때문이다. 음악사나 미술사도 철학사나 문학사의 변화 기류에서 크게 벗어나지 않고 시대적 흐름을 공유한다. 인문학적 경계를 넘나들며 서로의 밀도를 강화하는 문화의 공통분모이자 산물이기 때문이다.

저자는, 예술을 향유하는 과정에서 삶에 대한 이해와 통찰을 얻는 예술 역시 철학이나 과학처럼 진리의 후보라고 예술에 대한 해석학적 시야를 확대한다. 한편 예술도 철학과 마찬가지로 절대주의적 예술과 상대주의적 예술 그리고 이 둘의 이분법적 길항관계를 떠나 새로움을 추구하는 회의주의적 예술로 그 흐름을 정리한다.

진선미의 유기적 통섭의 일환으로 예술의 실용적인 측면을 제시하고 나서, '시간의 형식을 따르는 예술'과 '공간의 형식을 따르는 예술'로 양분한 시각에 기초해 예술사를 고대예술, 중세예술, 르네상스예술, 초기 근대예술, 후기 근대예술, 현대 예술로 세분화 해 역사적 이해를 돕는다.

현대 예술의 과제인 '새로움'에 대한 다양한 방법들을 제시함으로써 상상력의 지평을 넓혀 주고 있는 점 또한 각별하다. 무엇보다도 일반인의 인문학에 대한 관심과 흥미를 북돋우고 단편적인 교양과 지식을 온전한 자기 것으로 소화할 수 있도록 배려하고 있다.

3) 핵심 톺아보기

① 예술은 실생활에서 어떤 역할을 하는가?

② 예술도 철학처럼 부단히 변증법적 변화를 추구한다. 그러나 늘 순환적으로 변화를 꾀한다. 고전주의와 르네상스의 공통점과 차이점은 무엇인가?

③ 예술을 위한 예술과 인생을 위한 예술의 경계는 어디인가?

④ 예술과 기술의 상호 보완적 기능에 대해 어떻게 생각하는가?

⑤ 예술사와 철학사는 어떤 점을 공유하는가?

5) 독서토론 예시문

Part 1

교수 · 학습활동

주제 : 개요

요점 :
① 시간의 형식을 따르는 예술 : 문학, 음악, 무용
② 공간의 형식을 따르는 예술 : 회화, 조각, 건축
③ 고전주의적 화풍 : 이성을 통한 조화 균형 비례 법칙을 강조. 보편을 추구하는 절대주의
④ 낭만주의적 화풍 : 개인의 내면과 개성을 존중, 주관적 표현 방식을 중시하고 격정적인 정서를 표출, 절대적 진리에 저항하는 상대주의적 측면이 강함
⑤ 현대미술 : 폭이 넓고 다양함, 예전 것들을 거부하고 새로움을 추구, 과거에 대한 해체를 근간으로 한 회의주의적 측면이 강함

본문

A는 '고전주의'로 대표되는 예술 사조로, 이성을 통해 그림을 그리려는 화풍이다. 조화, 균형, 비례, 법칙을 강조한다. 그런 면에서 보편적이고 절대적인 진리를 추구하는 절대주의적 측면을 갖는다.

B는 '낭만주의'로 대표되는 화풍이다. 개인의 내면과 개성을 존중해 화가의 주관적 표현 방식을 중시하고 격정적이고 정서적인 모습을 보인다. 그런 면에서 절대적 진리에 저항하는 상대주의적 측면을 갖는다.

C는 '현대 미술'이다. 현대 미술은 그 폭이 너무나 넓고 다양해서 규정하기 어려운 측면이 있다. 다만 전반적으로는 예전 것들에 대한 거부와 새로운 것들에 대한 추구로 압축해볼 수 있다.

토론방향 : 철학뿐 아니라 예술의 세계에서도 절대주의와 상대주의 그리고 회의주의는 여전한 공통의 화두이다.

교수 · 학습활동

주제 : 고대미술

요점 : 고대미술은 현실의 욕망을 기원하는 종교적 제의에 그 기원을 두고 있다. 고대미술 역시 철학의 효시인 그리스철학처럼 그리스미술이 대표하는데, 고대 그리스미술은 예술의 요체인 아름다움을 본격적으로 표현하기 시작했다. 피라미드, 스핑크스, 벽화 등, 이집트 미술이 종교적 성격을 띠고 있음에 비해 그리스미술은 조화와 균형을 통한 미를 추구하고 있다. 그리스미술은 헬레니즘, 로마미술로 고대미술의 전통을 잇게 된다.

본문

고대미술은 그리스미술, 헬레니즘, 로마미술로 이어지는 예술로서, 기본적으로 그리스 정신을 기반으로 한다. 다양한 소재와 기교 속에서도 그 근본은 조화와 균형, 비례의 아름다움을 추구한 것이 그리스 정신이라고 할 수 있다. 이 시기의 미술은 일반적으로 우리가 미술이라고 할 때 일차적으로 떠올리는 가장 이상적이고 상식적인 모습으로, 절대주의적인 측면을 갖는다. 실제로 예술철학이나 미학에서는 가장 근본이 되는 그리스미술의 양식을 '미의 대이론'이라고 부른다.

간추려보기

① 그리스미술과 이집트미술의 차이
- 고대미술을 대표하는 그리스미술(아름다움을 추구)
- 종교를 떠나 아름다움 자체가 목적인 그리스 예술
- 미술을 통해 현실적인 욕망을 기원한 이집트 예술
- 주술적이며 종교, 제의적 성격이 짙음(이집트의 벽화, 스핑크스, 피라미드 등)

② 알렉산드로스의 헬레니즘과 로마미술
- 서양 문화와 동양문화의 융합인 헬레니즘
- 로마의 콜로세움과 판테온 신전

토론방향 : 아름다움에 대한 가치 발견의 예술사적 의미

학습자료 : 이집트의 피라미드, 그리스의 파르테논 신전, 라오콘

Part 3

교수 · 학습활동

주제 : 중세미술

요점 : 중세미술은 종전의 미에 대한 추구를 접고 기독교의 절대적이고 배타적인 종교적 분위기에 예속되어 일방적인 기독교미술로 획일화된다. 따라서 예술의 본질인 미학적 가치는 후퇴한다. 다만 로마네스크 양식과 고딕 양식의 단계를 거치면서 나름의 예술적 명맥을 잇게 된다.

본문

중세 미술을 종합해보면, 이 당시의 미술은 내용적으로는 신과 교회에 종속되고, 형식적으로는 교회 건축의 발전과 함께한다고 할 수 있다. 예술의 독자적인 가치는 인정되지 않았고, 신의 영광과 권위를 드러내거나 교회의 교리를 전달하는 수단으로 예술이 사용되었다. 다만 초기 그리스도교 미술을 지나서 로마네스크 양식과 고딕 양식을 거치면서 미적인 요소가 반영되고 확장되었다.

간추려보기

① 기독교 중심의 미술 : 그리스 · 로마 미술의 쇠퇴, 종교적 수단으로 전락한 미술
② 로마네스크 양식과 고딕 양식 : 교회의 권위를 상징하는 로마네스크 양식,
건축기술의 발달과 고딕 양식

토론방향 : 예술세계에서의 신과 인간의 갈등

학습자료 : 카타콤베 벽화, 이탈리아의 〈피사 대성당〉, 파리의 〈샤르트르 대성당〉

교수 · 학습활동

주제 : 르네상스 미술

요점 : 르네상스 미술은 신 중심의 세계관에 저항해 이성중심의 인간적 가치를 추구하면서 창조적 복고주의가 활성화 된 시기의 미술이다. 초기의 화가들은 실제적이고 객관적 묘사로 정확성에 치중한 반면 전성기에는 조화와 균형이라는 미의 이념이 이상적으로 구현된다.

본문

르네상스 미술은 중세의 신에 종속된 예술을 해방시키고 고대의 미술적 화풍을 재현했다. 이에 따라 이성중심적이고 수학적이며 조화와 균형을 추구하는 모습을 보였다. 이후 르네상스 후기에 이르면서 이러한 조화와 균형에 저항하고 감성적이며 장식적인 측면을 강조한 바로크와 로코코가 등장했다. 이들은 종교와 왕실을 위한 예술이 아닌, 당시부터 새로운 권력으로 떠오르는 부르주아와 귀족을 위한 예술을 추구했다. 개인의 감성과 체험이라는 주관성이 강조된 상대주의적 화풍이 탄생한 것이다.

간추려보기

① 인간중심미술 부활 : 부르주아 계층 확산, 인간 이성 회복, 그리스 · 로마 미술 부활

② 특징 : 원근법과 해부학의 도입. 레오나르드 다빈치, 미켈란젤로, 라파엘 등 천재 화가들의 활약. 조화와 균형미 추구. 절대주의적 측면

③ 바로크미술과 로코코미술 : 르네상스 후기에 등장, 조화와 균형미에 반대, 감성적이고 장식적인 측면이 강함

토론방향 : 복고적 예술인 르네상스의 미래지향적 가치

학습자료 : 레오나르도 다빈치의 〈모나리자〉, 미켈란젤로 〈피에타〉, 루벤스 〈십자가에서 내려지심〉, 부세 〈비너스의 합창〉

교수 · 학습활동

주제 : 초기 근대미술

요점 : 프랑스 로코코미술의 유약하고 감상적이며 여성적인 퇴폐미에 대한 저항에서 비롯된 신고전주의는 이성적이며 강인한 남성적인 모습으로의 회귀를 추구한다. 그러나 고대를 모방하고 재현하려고 했을 뿐 작가의 주관적 창조에 소홀한 신고전주의의 화풍에 대한 반발로 낭만주의가 등장하게 된다. 낭만주의는 작가의 주관과 감성, 자유로운 상상과 환상의 세계, 강렬한 내면세계를 천재적으로 표현하고 있다.

본문

낭만주의는 신고전주의의 이성적이고 엄숙하며 절대적인 측면에 대한 반발로 탄생했다. 낭만주의 예술가들은 신고전주의가 고대를 모방하고 재현하려고만 할 뿐, 개인의 감성과 주관의 탁월성을 소홀히 했다고 생각했다. 이에 따라 창작자의 주관과 표현을 강조하고 자유로운 공상과 환상의 세계를 그림의 대상으로 하는 낭만주의 미술이 탄생했다. 감성을 중시한다는 점에서 바로크, 로코코와 유사한 측면이 있다고는 하지만 화려하고 장식적인 측면을 강조하기보다는 화가의 강렬한 내면을 외부 세계에 투영한다는 측면이 강했다.

간추려보기

① 신고전주의 : 여성적인 로코코의 퇴폐미에 대한 반발, 이성적이고 남성적인 모습으로 회귀, 그리스 로마 미술로의 복귀

② 낭만주의 : 신고전주의에 대한 반발. 개인의 감성과 주관, 상상력을 강조. 강렬한 명암 대비와 색채효과

토론방향 : 예술의 여성성과 남성성

학습자료 : 다비드 〈소크라테스의 죽음〉, 앵그르 〈그랑 오달리스크〉, 제리코 〈메두사호의 뗏목〉, 들라크루아 〈사르다나팔루스의 죽음〉

교수 · 학습활동

주제 : 후기 근대미술

요점 : 후기근대미술은 사실주의와 인상주의로 대표된다. 이 중에서 낭만주의의 극적이고 과장된 미적 양식에 대한 저항으로부터 시작된 사실주의는 작품의 대상을 선정함에 있어서 일상적 현실과 부합하는 사실성을 바탕으로 하고 그 실상을 묘사한다. 뒤에 등장하는 인상주의는 사실주의가 민중의 가난과 노동의 고통을 표현하려는 이념적 측면이 강한데 반해 다만 눈에 보이는 것을 가감없이 그려내려고 한다. 관념이나 이념이 배제된 순수한 순간적 인상을 즉흥적으로 포착하려고 한 것이다.

본문

사실주의에서의 '사실'은 눈에 보이는 사물을 똑같이 그려낸다는 의미가 아니라, 그릴 대상을 선정하는 데 있어서의 '사실'을 추구한다는 의미다. 쉽게 말하면 우리의 남루한 현실을 포장하지 않고 있는 그대로 그려내는 것이 '사실'이 되는 것이다. 사실주의 이전의 그림들은 역사적인 영웅을 용맹하게 그린다거나, 도자기 같은 피부를 가진 누드의 여신을 그린다거나, 한껏 치장한 귀족을 아름답게 그렸다. 하지만 이것은 일상적 현실이라는 '사실'과는 너무도 동떨어져 있었다. 사실주의 미술은 진짜 사실을 그려내려고 노력했다. 노동자의 남루한 삶이나, 옆집의 가난한 이웃, 노동의 고됨을 가감없이 묘사했다.

인상주의 화가들은 지금 이 순간 정말 눈에 보이는 것을 그리려 했다. 엄밀히 말해서 인간은 눈에 보이는 대로 세상을 보지 못한다. 보이는 그대로는 보는 것이 아닌 언어를 본다고 하는 편이 실제에 더 부합할 것이다. 예를 들어 지금 눈앞에 흰색 컵이 있다. 컵은 분명 2차원적으로 일부만 눈에 들어올 테지만, 우리는 보이지 않는 컵의 뒷부분을 이미 가정하고 완벽한 컵으로 인식한다. 또한 컵의 그림자나 표면의 반사는 그다지 신경 쓰지 않는다. 컵은 흰색의 완벽한 형태로 개념화된다. 사실 우리가 본 것은 컵의 실제적인 이미지가 아니라, 컵의 개념이다. 정리하자면 우리는 우리가 이미 알고 있는 개념을 바탕으로 눈에 보이는 물체를 재구성한다. 마치 세상에 태어나서 처음 그 장면을 보는 것처럼 순수하게 있는 그대로를 본다는 것은 너무나 어려운 것이다. 인상주의 화가들이 하고자 했던 일은 개념이나 이념을 걷어내고 순수하게 보이는 그대로를 그리는 것이었다. 그래서 그들은 흰색 컵을 그리는 것이 아니라 태양 아래서 이리저리 순간적으로 반짝이고 변화하는 컵 표면의 색깔을 그리려고 했다. 지금 이 순간의 컵의 인상을 빠른 붓놀림으로 화폭에 담으려 한 것이다.

간추려보기

① 사실주의 : 낭만주의에 대한 반발, 사실적 묘사에 치중, 예술에서 소외되었던 민중이나 일상을 소재로 한 화풍

② 인상주의 : 개념과 이념을 배제하고 순수하게 보이는 그대로를 그림, 즉흥적인 순간의 깊은 인상을 소묘, 전기인상파(모네, 마네, 르누아르, 드가, 로댕)와 후기인상파(고흐, 고갱, 세잔)로 나뉨

토론방향 : 왜 미술사(예술사)는 부단한 갈등의 연속인가?

학습자료 : 쿠르베 〈오르낭의 매장〉, 모네 〈해돋이〉, 세잔 〈정물화〉

Part 7

교수 · 학습활동

주제 : 현대미술

요점 : 예술의 본질은 창조성에 있다. 따라서 새로움에 대한 욕구는 예술가들의 공통된 속성이며 과제다. 지금까지 무수한 창작이 이루어진 배경에는 그만큼 허다한 소재가 동원되었다. 현대미술 역시 새로움에 대한 갈구에 그 고민이 모아지고 있다. 그리하여 큐비즘으로 불리는 사물의 기하학적 분석과 다양한 시점을 화폭에 적용한 입체적 화풍이 탄생한다. 한편 그림의 대상을 그림에서 제거하는 추상미술기법이 종전의 구상미술과 구분되어 추상표현주의라는 명칭으로 현대미술을 주도하기에 이른다.

본문

큐비즘이라고도 부르는 입체파는 파리에서 일어났던 미술 혁신 운동이었다. 후기 인상주의 화가인 세잔이 사물의 기학학적 분석과 다양한 시점의 적용을 도입한 이래로, 이를 계승하고 발전시킨 것이 큐비즘이다. 대표적인 작가로는 피카소가 있다.

현대 예술은 '미의 추구'라기보다는 '새로움의 추구'다. 그리고 새로움을 추구하기 위한 방법으로서 우선 예술의 대상을 변화시켰고, 다음으로 예술의 주체를 변화시켰다.

간추려보기

① 강박적 새로움의 추구 : 야수파, 다다이즘과 초현실주의. 규정하기 어려운 다양성과 독창성의 발휘
② 입체미술 : 큐비즘과 피카소. 다양한 관점의 대상을 하나의 화폭에 표현. 〈아비뇽의 처녀들〉, 〈게르니카〉
③ 추상미술 : 그림의 대상을 그림에서 제거. 색 덩어리와 선과 면으로 시각적 효과를 강조. 칸딘스키와 미국의 추상표현주의

토론방향 : 어떻게 하면 일상 속에서 새로움을 찾아낼 수 있을까?

학습자료 : 피카소 〈아비뇽의 처녀들〉, 〈케르니카〉, 칸딘스키 〈노랑 빨강 파랑〉

Part 8

교수 · 학습활동

주제 : 오늘날의 미술

요점 : 오늘날 미술가들은 미술의 주체를 변화시킴으로써 새로움에 대한 욕구를 실현한다. 그동안 그림 밖에 머물던 화가를 직접 그림 속으로 끌어들이기도 한다. 예술의 대상과 주체를 변화시킨 것으로 이를테면 다양한 퍼포먼스와 행위예술 등이다. 새로움에 대한 강박증은 또 무슨 그림을 낳을지 궁금하면서도 작가의 고민이 깊어지는 시점이다.

본문

현대에 이르러 미술은 더 이상 이성적 절대주의와 감성적 상대주의의 싸움이 아니라, 예전 것들을 파괴하고 새로운 것들을 실험하는 회의주의적 입장으로 바뀐다. 세잔의 예술적 전망을 이어받아 입체파가 등장하고, 입체파가 대상을 해체함으로써 새로움을 추구했던 방식은 더욱 극단화되어 추상미술이 자리 잡을 수 있는 토대가 된다. 오늘날에는 예술의 대상에 대한 분석과 해체를 넘어 예술의 주체로서의 예술가를 대상화, 소거, 집단화하는 방향으로 새로움이 실험되고 있는 상황이다.

간추려보기

다양한 변화의 시도

① 주체의 대상화, 주체의 소거, 주체의 집단화　　② 행위 예술

③ 회의주의적 예술의 향방

토론방향 : 현대미술에서 작품과 상품의 경계는 어디인가?

학습자료 : 잭슨 폴록 〈액션페인팅〉

① 예술은 창조가 생명이며 수단이다. 현대 예술의 고민은 인류가 고안해 낼만한 꺼리가 거의 바닥난 상황에서 야기되는 창조성에 모아진다. 새로움에 대한 끊임없는 갈구는 예술가들의 창조적 에너지이기에 창작의 고통은 소재의 빈곤에 따른 상상력의 고갈과 비례한다. 여기에서 창조는 예술가들이 스스로의 존재가치를 확인하는 척도이며, 자기도취를 통한 자아의 완성을 도모하는 기폭제로 작용한다.

② 이 책에서는 예술 중에서도 공간의 형식을 따르는 시각적 예술인 미술을 집중적으로 다루고 있다. 미술은 어느 장르보다도 내면의 실상을 생생하게 재현해내기에 직접적이면서도 은유적으로 해석된다. 그림을 통해 환자의 심리를 파악하고 치유하는 미술치료는 정신병원이나 통합문학치유 방법의 하나로 원용되고 있다.

③ 우리는 그리기뿐 아니라 한 편의 명화를 감상하며 격렬한 충격을 받거나 뜨거운 감동을 경험하기도 한다. 이는 한 편의 시, 한 곡의 음악에 취하는 감흥과 유사한 내적 발현이다.

④ 미술과 심리학의 결합인 미술치료는 말이나 글로 표현하기 어려운 내면세계를 미술을 통해 형상화 하는 것이 일차적 소임이다. 내면의 상처를 밖으로 끌어내 해소하여 정서적 안정과 정신건강을 돕는 것이다. 또한 꼭 닫힌 자신의 고민에 대해 털어놓기를 꺼려하는 경우에도 미술 활동을 통해 자연스럽게 그 실상을 표출하게 하는 동력이 될 수도 있다.

⑤ 우울증, 외상 후 스트레스 증후군, 불안으로 사회적 적응이 어려운 정서적 결함

을 대상으로 하는 미술치료는 놀이치료, 음악치료와 함께 흔하고 유용하게 시도 되고 있는 심리치료의 중요한 장르 중 하나다.

⑥ 한편 신경증이나 발달장애 등 내면적 고통이나 상처를 치유해 온 미술치료는 그 영역을 확대해 통상의 사회적 부조화나 교육, 일반인의 인격 관리, 자신감 고취 등에도 적용하고 있다. 그 대상도 아동에서 성인으로 확산되고 있다.

note book

 예술의 생명은 창조다. 요즘 기업에서도 창의력의 중요성을 강조하고 있다. 예술 면에 있어서 얼마나 두루 알려고 관심을 가졌었는지 어떤 분야에 몰입한 적이 있었는지 살펴보자.

05 『당신이 알아야 할 한국사 10』 | 서경덕과 한국사 분야별 전문가 공저

⇨ 강의주제 : 역사에 대한 새로운 인식과 탐구

⇨ 수업목표	쉽고도 재미있는 수업을 통해 역사에 대한 관심을 불러일으켜 국가와 우리사회의 존재가치에 대한 인식을 새롭게 하는 한편, 미래 지향적 역사관을 심어준다. 과거사에 대한 냉철한 분석을 발판으로 내부적 문제점을 찾아내 철저히 반성하고 우리의 영토는 우리 스스로가 지키고 가꾼다는 사명감을 공유한다. 우리의 장점과 세계적 문화유산에 대한 자긍심을 고취하여 세계 속의 한국을 지향하는 공동운명체로써의 자발적인 참여를 꾀한다. 저자가 가려 뽑은 한국사에 관한 10개의 주제를 세부적 독해를 통해 분석하고, 새롭게 도출된 역사 지식과 자각을 활발한 토론에 의해 다시금 제고한다.

1) 저자 소개

서경덕 : 1974년 서울 출생. 고려대학교 대학원박사과정 수료, 성신대학교에 재직 중이며, 홍보전문가로 찾아가는 독도학교 교장, 독립기념관 홍보대사로 활동 중이다.

호사카 유지 (세종대 독도종합연구소 소장) / 안신권 (일본군 위안부 역사관 소장)

김현숙 (동북아 역사재단 연구외원) / 김민규 (동북아 역사재단 연구위원)

황평우 (한국문화유산정책연구소 소장) / 진용선 (정선아리랑연구소 소장)

김도형 (독립기념관 한국독립운동사 책임연구위원) / 김슬옹 (한글학회 연구위원)

홍선표 (독립기념관 한국독립운동사연구소 책임연구위원) / 김홍우 (한식재단 사무총장)

윤효정 (고려대 한국사연구소 연구위원)

2) 이 책의 가치와 의미

역사는 과거라는 거울을 통해 현재를 가다듬고 미래를 알차게 가꾸는 과정의 일환이다. 그런데도 우리는 역사에 대한 망각과 무관심이 점점 심화되어 가고 있다. 이는 운명적 정체성 곧 자신의 주체적 성찰을 외면하는 것이나 다름없는 불성실이다.

이 책은 간략하고 쉽게 역사의 주요한 맥락과 핵심 부분을 간추려 독자들에게 세심히 일러주고 있다. 특히 이 책의 장점은 모든 주제가 현재를 관류해 미래를 지향하는 데 모아지고 있는 점이다. 과거에 대한 반성도 미래의 역사에 대한 긍정적 탐구와 맞닿아 있기에 우리는 이 책을 통해 국가와 민족이라는 명제 속에 자리매김 되는 자신의 초상화를 완성할 수 있다.

숙명적으로 이웃해 온 일본과 중국의 존재가 과거에 국한되지 않고 끊임없이 문제를 야기하며 내일의 어두운 그림자를 드리우고 있다는 엄연한 사실에 대한 경계와 각성 역시 이 책이 전해주는 유비무환의 메시지이다.

독립운동과 3·1절, 광복절에 대한 원론적 정의를 다시금 상기시킴으로써 정략적 논쟁의 여지를 차단하고 있는 것도 주목해야 할 지침의 하나이다. 아울러 저자는 책의 결론 부분에서 한글과 한식, 아리랑을 재조명해 새삼 우리 것의 가치를 돋보여 줌으로써 희망과 긍지를 북돋아 주고 있다.

3) 핵심 톺아보기

① 역사는 국가와 민족의 집단적 거울이다. 역사 중요성에 대해 세 가지만 들어보자.

② 단군신화에 내재된 민족정신의 원천은 무엇인가?

③ 중국의 단편적인 역사서에 의존해야 하는 우리나라 고대사와 백제사, 고구려사의 멸실에 대해 어떻게 생각하는가?

④ 독립운동 없는 진정한 해방이 가능하다고 생각하는가?

⑤ 근현대사 기술의 중요성에 대해 어떻게 생각하는가?

5) 독서토론 예시문

Part 1

교수 · 학습활동

주제 : 독도(獨島)

요점 : 국가에 대한 국민적 자각은 영토에 대한 주권적 인식으로부터 비롯된다. 독도는 백두산과 더불어 우리 영토의 상징적 마지노선이다. 우리에게 있어서 독도는 과거부터 현재까지 영유해 온, 역사적이며 실효적 권역에 속하기 때문이다. 그러므로 독도에 대한 부당한 시비에 대처하려면 그에 따르는 논리적 입증을 할 수 있는 주권자적 준비를 갖추고 마땅히 이를 숙지하고 있어야 한다.

본문

1984년 일본 내에서 제작된 <신찬조선전국전도>를 살펴보면 다음과 같다. 이 지도는 한반도를 그린 지도인데 한국이 아니라 일본이 제작한 지도다. 이 지도에는 울릉도와 독도가 표시되어 있고 한반도의 색깔로 사용된 밤색으로 울릉도와 독도가 분류되어 있다. 울릉도와 독도를 이처럼 확실하게 한국 영토로 그린 것이다. 일본은 지도의 우측 아래에 규슈 지방을 그렸는데 그 부분에는 색을 넣지 않았고 무색이다.

19세기 중반 한국에서 제작한 지도 <해동여지도>에는 울릉도 동쪽에 독도가 우산도라는 이름으로 잘 표시되어 있다. 우산도는 한국 쪽에서 부른 독도의 옛 이름이다.

간추려보기

① 일본 고지도나 근대의 지도에도 독도가 없음 ② 독도의 지리적 위치

③ 1905년, 독도가 시네마 현으로 뒤바뀐 사실 ④ 독도의 가치
⑤ 해동여지도에 표기된 독도
⑥ 우산도와 독도의 역사적 동일성
⑦ 독도는 조선 소속이라고 인정한 일본 공식문서
⑧ 〈태정관 지령문〉에 숨겨진 비밀
⑨ 독도는 울릉군 소속임을 밝힌 대한제국 칙령
⑩ 연합국 합의가 없었던 미국의 독도 주장에 대한 부당성

토론방향 : 독도는 우리가 실효적 지배를 하고 있을 뿐 아니라 역사적 고증을 통해 서도 그 영유권은 우리에게 속한다는 사실.

학습 자료 : ① 뉴욕타임스에 실린 독도 광고
② 시민들의 모금으로 워싱턴포스트에 실린 독고 광고

Part 2

교수 · 학습활동

주제 : 일본군 위안부

요점 : 위안부 문제는 주권을 박탈당한 약소국가의 여성이 겪어야 했던 참혹한 만행의 상징적 사건이다. 그러나 그 문제는 아직까지도 해결되지 않고 있다. 그 상처야 영구히 치유될 수 없는 국민적 아픔이지만 최소한 일본의 진심어린 반성과 그에 따르는 사과는 적어도 위안부할머니들이 생존해 있을 때 이루어져야 한다. 그럼에도 일본은 진정한 반성은커녕 문제의 본질을 호도하고 역사적 진실을 왜곡하기에 급급하고 있다.

본문

20만 명에 이르는 조선여성들이 속임수와 폭력에 의해 연행되어 구 만주, 중국, 미얀마, 말레이시아, 인도네시아, 파푸아뉴기니아, 태평양에 있는 여러 섬들과 일본 한국 등에 있는 점령지에서 성노예로 혹사당했다. 11살 어린 소녀로부터 30살이 넘는 성인에 이르기까지 다양

한 연령의 여성들은 위안소에 머물려 일본 군인들을 상대로 성적 행위를 강요당했다. 한 사람이 하루에 적게는 7-8명, 많게는 40-50명까지 상대해야 했으며 거부할 경우 매를 맞거나 고문을 당하기도 했다. 1945년 전쟁이 끝난 후 일본군 '위안부' 피해 여성들은 현지에서 사살되거나 자결을 강요당하거나 버려졌으며, 운 좋게 생존하여 고향으로 돌아온 피해자들은 사회적인 냉대와 소외, 수치심, 가난, 병약해진 몸으로 인해 평생을 신음하며 살아가야 했다.

간추려보기

① 계획적, 조직적인 전쟁범죄인 '일본군 위안부' 사건의 역사적 비극에 대한 재인식
② 비인간적이었던 위안부의 참혹한 실상 파악
③ 일본군 위안부 문제의 세계적 관심 확인
④ 위안부를 위한 인권회복운동과 위안부 피해자들의 사회활동에 대한 관심 제고
⑤ 아직도 해결되지 않은 일본군 위안부 문제 재점검

토론방향 : 전쟁의 참상과 식민지 백성의 비극

학습 자료

① 유튜브에 올린 한국인이 알아야 할 역사이야기 시리즈영상 일본군 위안부 편
② 뉴욕 타임스스퀘어에 걸린 일본군 위안부 광고

Part 3

교수 · 학습활동

주제 : 동북공정(東北工程)

요점 : 영토는 전쟁 등 시대적 여건에 따라 변화를 겪지만 역사는 결코 지워지거나 왜곡될 수 없는 불변의 사실이다. 그런데도 중국은 엄연한 역사를 왜곡해 자기 것으로 탈색하고 있다. 소위 동북공정이라는 정치적 전략에 따른 술책인데, 이는 국가의 정체성은 물론 간도는 접어두고라도 백두산의 영유권 문제와도 맞물려 있는 예민한 사안이다.

본문

동북공정에서의 역사 연구는 기본적으로 현재 중국의 영토에서 생활하고 있는 민족과 역사상 현재 영토 내에서 살다가 이제는 이미 사라진 민족 모두가 중화민국을 구성하는 일부분이며, 그들이 역사상 활동하였던 지역과 그들이 세운 정권의 강역은 모두 중국의 역사 강역을 구성하는 부분이라고 보는 통일적 다민족국가론에 입각하여 이루어진다. 이는 현재 상황에 의거하여 과거의 역사를 해석하는 현재 영토 중심사관이다. 이 이론에 의하면 동북3성에 지역을 무대로 했던 고조선, 고구려, 부여, 발해의 역사가 중국사에 속하고 한국사는 통일신라 이후부터 시작된다는 결론에 이르게 된다.

간추려보기

① 동북공정의 문제점에 대한 탐구
② 동북공정의 동기와 목적에 대한 탐구
③ 중국에 유리하게 역사적 사실을 재구성하려는 정치적 목적의 프로젝트인 동북공정에 대한 탐구
④ 한국사의 시원인 고조선에 대한 재인식
⑤ 중국이 왜곡한 고구려사에 대한 올바른 인식
⑥ 수나라와 당나라를 물리친 고구려의 위용 재확인
⑦ 고구려를 계승한 고려의 정체성 확인
⑧ 발해사의 왜곡에 대한 올바른 인식
⑨ 현재진행형인 동북공정에 대한 의혹과 경계

토론방향 : 중국의 자국 중심적 정략의 일환인 동북공정의 역사왜곡 실상에 대한 직시와 고조선과 고구려, 발해사에 대한 주체적 연구의 필요성

학습 자료

① 뉴욕타임스에 게재된 고구려 광고
② 우즈베키스탄 타슈겐트에서의 한국사 서명운동

교수 · 학습활동

주제 : 야스쿠니 신사

요점 : 야스쿠니신사는 전범으로 명시된 일본군국주의의 상징적 장소이다. 다시 말해 일본 정부의 신사참배는 군국주의에 대한 향수를 통해 전쟁을 정당화함으로써 후일의 침략전쟁을 꿈꾸는 흉심이 내포되어있는 문제의 현장이다. 따라서 그에 대한 과거 피해 당사자로써의 문제제기는 물론 그 심상치 않은 저의에 대한 경각심을 늦추지 말아야 한다.

본문

야스쿠니 신사 홈페이지 첫 화면에는 메이지천황이 1874년에 지었다고 하는 시 구절이 있는데 그 구절을 보면 야스쿠니 신사의 의미를 더 잘 알 수 있다. "우리나라를 위해 싸우다 죽은 너희들의 이름이 이곳 신사에서 영원하리라"

간추려보기

① 일본천황중심사상에서 비롯된 야스쿠니 신사의 실체
② 전쟁 책임에 반하여 전쟁을 정당화하는 야스쿠니 신사의 파렴치한 작태
③ 야스쿠니의 참뜻을 왜곡하는 일본의 정략적 흉계

토론방향 : 야스쿠니 신사의 상징성과 참배의 저의

학습 자료 : 월스트리트저널 웹사이트에 실린 독일과 일본 비교 광고

교수 · 학습활동

주제 : 약탈 문화재 반환

요점 : 문화재는 경제적 가치보다도 전통 문화적 가치에 그 비중을 두는 만큼 문화유산으로 불러야 합당하다. 우리의 국보급 문화재 상당수는 전쟁과 식민통치시대를 통해 약탈되었다. 그 환수작업은 정부와 뜻있는 독지가, 시민단체 등 다양한 루트를 통해 이루어지고 있지만 실적은 기대에 못 미치고 있는 실정이다. 문화재 관리보호와 환수는 문화유산은 인류공통의 자산이라는 기치 아래 보호되고 있는 세계 문화유산처럼, 소수와 약자의 문화도 존중되어야 한다는 차원에서의 문화에 대한 재인식을 토대로 이루어져야 한다. 한편 현재 보유 중인 문화유산은 물론 추후 추가될 문화유산에 대한 관리와 보호에도 각별한 정성을 기울여야 할 것이다.

본문

문화재 반환은 원산국에 있어서 한 국가의 주체성과 관련된 특별한 의미를 지닌다는 원칙 아래 유네스코는 1970년 <문화재의 불법 반출입 및 소유권 양도의 금지와 예방수단에 관한 유네스코 협약> 및 1995년 <도난 또는 불법적으로 반출된 문화재 반환에 관한 UNIDROIT협약>을 체결했다.

일제강점기의 문화재 약탈은 일본의 한반도 무력지배의 정당성 확립과 영속화를 목적으로, 조선의 역사와 문화를 말살하고 민족의 사고와 정신을 공동화하기 위한 방편이었다.

간추려보기

① 문화유산의 의미와 가치
② 우리문화재 반환에 대한 주체성 제고
③ 문화재의 합법적 유출과 약탈
④ 다양한 방식으로 이루어지는 문화재 반환 사례
⑤ 외세의 침략과 문화재 수난
⑥ 합법적으로 거래된 문화재

⑦ 대표적 약탈 문화재인 외규장각도서와 『조선 왕실의궤』의 반환
⑧ 일제강점기에 도굴되어 반출된 문화재
⑨ 문화재 환수 방법
⑩ 문화재 환수 운동과 시민문화운동

토론방향 : 전통문화유산의 가치와 보존의 중요성

학습 자료 : 프랑스 대사관 앞에서 열린 문화재 반환을 위한 기자회견

Part 6

교수 · 학습활동

주제 : 독립운동 인물

요점 : 국가를 위해 자신을 바친 애국지사는 조국독립이라는 현실적 가치 못지 않게 그 순결하고 숭고한 정신만으로도 불변의 윤리적 가치를 지닌다. 그러나 그에 대한 평가가 제대로 이루어지지 못한 탓으로 역사와 국가에 대한 주체적 가치 기준이 왜곡되는 현상이 발생한다. 애국선열들의 공을 망각한 채 거짓된 권력을 획책하고 거기에 부화뇌동하는 부끄러운 후손이 된다는 것은 우리의 자유와 평화를 위해 기꺼이 몸을 바친 그분들을 우리 손으로 부관참시하는 것이나 다름없다.

본문

독립운동은 우리 민족이 일제의 식민지배하에서 벗어나려는 운동만을 의미하지 않는다. 독립운동이란 일제의 지배하에 자유를 억압당하고, 인권을 말살당한 것에 대해 인간이면 누구나 누려야 하는 기본적인 권리를 되찾고자 한 것이다. 독립 운동가들은 우리 민족을 이민족의 침략으로부터 구출할 뿐 아니라 일제 지배 하에서 빼앗겼던 자유와 인권 등을 되찾고자 한 분들이다. 그러기에 현재 우리가 독립된 국가를 건설하고 국제적으로 활동할 수 있는 것은 모두 독립 운동가들의 노력과 희생 덕분이다. 이들의 독립투쟁이란 숭고한 희생이 아니

었다면 지금의 우리가 있을 수 없다.

간추려보기

① 안중근의 의거
② 안중근이 남긴 유산인 동양평화사상
③ 평등의 가치를 실현하고자 한 김구의 사상
④ 독립운동과 김구에 관한 연구
⑤ 이봉창의 의거
⑥ 윤봉길의 의거
⑦ 국가의 인허를 받아 시행된 이봉창, 윤봉길 의거에 대한 재인식

토론방향 : 순교적 애국의 숭고한 진정성

학습 자료

① 안중근 의사 의거 100주년을 맞이하여 만든 손도장 걸개 작품
② 안중근 의사의 어록으로 만든 한글 작품(2010. 10)
③ 윤봉길 기념관에 제공한 한국어 안내서

Part 7

교수 · 학습활동

주제 : 독립운동 역사

요점 : 독립운동은 대한민국의 실제적 토대이자 상징적 지침이다. 우리 현대사의 핵심적 근원일 뿐 아니라 자유와 평등, 자결의 원칙에 입각한 국가와 민족적 자주성의 절실한 발현이었다. 독립운동이 없었더라면 조국의 광복도 없었을 것이다. 오늘날 독립운동의 정신은 대외적으로는 국제적 동향에 튼튼히 대응하는 유비무환의 준비 자세를 갖추고, 대내적으로는 자유와 평등에 기초한 민주주의를 다지는 것으로 계승되어야 한다.

본문

그날이 오면 그날이 오며는
삼각산이 일어나
더덩실 춤이라도 추고
한강물이 뒤집혀 용솟음칠 그날이
이 목숨이 끊기기 전에
와주기만 할 양이면
나는 밤하늘에
나는 까마귀와 같이
종로의 인경을 머리로
들이받아 올리오리다.

심훈 <그날이 오면>

간추려보기

① 3·1운동과 광복절의 의미
② 일본의 무단통치와 우리민족의 저항
③ 민족자결의 원칙과 독립운동
④ 파리강화회의와 2·8독립선언
⑤ 3·1운동의 발발과 국내외의 전파
⑥ 조선 멸망의 요인
⑦ 민족 내부의 각성과 독립운동
⑧ 민족정신과 독립운동의 산물인 광복의 참뜻

토론방향 : 독립운동과 조국광복의 의미와 가치

학습 자료 : 헤이그 이준열사 기념관에 기증한 부조작품

교수 · 학습활동

주제 : 한글

요점 : 한글은 세계적으로 그 우수성과 과학성이 입증된 우리 고유의 독창적 문자이다. 또한 백성의 고충과 소통의 필요성을 깊이 헤아려 만든 우국충정의 산물이기도 하다. 따라서 한글과 더불어 한글을 창제한 정신도 함께 기려야 한다.

본문

아아, 훈민정음이 만들어짐에는 천지만물의 이치가 모두 갖추어졌으니, 그 신령함이여! 이는 틀림없이 하늘이 임금의 마음을 열어 그 솜씨를 빌려 주신 것이로다!

『훈민정음』 해례본 제자해

간추려보기

① 훈민정음, 언문, 한글
② 한글의 창제 과정
③ 한글을 반대한 신하들
④ 조선시대 공식문자인 한글
⑤ 한글의 원형과 원리
⑥ 한글의 과학적 우수성
⑦ 한글날의 유래
⑧ 남북한의 한글날 비교

토론방향 : 한글의 우수성과 창제의 정신

학습 자료

① 일본 교토조형예술대학교 내에 설치된 한글작품
② 충칭 임시정부 청사 한글 안내서

교수 · 학습활동

주제 : 한식(韓食)

요점 : 한식은 발효에 그 비결이 있다. 그러기에 장기적 보존성을 지니는 효과적 건강식품이기도 하다. 신토불이의 경험적 지혜가 깃들어 있으며, 전통 도자기와 조화를 이루는 미학적 가치도 일품이다. 이제 한식의 세계화는 우리의 몫이다.

본문

세계적으로 수많은 발효음식이 존재하지만 한식의 '발효'는 명확한 특성을 가지고 있다. 한반도의 밥상은 4계절이 있는 기후와, 채식을 근간으로 하는 식생활로 인해 세계적으로도 유례가 없을 정도로 독특한 발효음식 문화가 발달해 왔다.

간추려보기

① 한식의 유래 ② 영조와 한식 ③ 한식에 관한 저술
④ 화폭에 담긴 한식 ⑤ 속담과 한식 ⑥ 제3의 맛 발효
⑦ 한식 차림상의 미학 ⑧ 한식의 밝은 전망

토론방향 : 세계적 건강식인 한식의 비결과 가치

학습 자료

① 뉴욕타임스스퀘어에 게재된 비빔밥 광고(2009. 12)
② 뉴욕에서 한식을 광고한 무한도전 멤버들과 서경덕 교수
③ 뉴욕타임스에 게재된 한식비빔밥과 김치 광고

교수 · 학습활동

주제 : 아리랑

요점 : 아리랑은 인류무형문화유산으로 한국을 상징하는 세계적 음악이다. 그러나 아리랑의 내면에 담겨있는 민중의 애한과 그 고난의 세월을 극복해 낸 인고의 노력에 대해서는 깊이 헤아리지 않는다. 따라서 민족 특유의 정서를 곁들여 부를 때 감동은 배가한다. 그리고 그것은 곧 아리랑에 대한 긍지와 애정으로 한데 모아진다.

본문

아리랑은 단순히 노래가 아니다. 우리민족의 특별한 역사적 고난과 이를 극복한 사회적 경험이 배어 있기에 희망과 치유의 노래로 한국인의 정체성을 드러내준다. 그래서 누구나 아리랑은 한민족의 DNA가 깃든 노래이자 한민족의 상징으로 여긴다. 특히 아리랑은 2012년 인류무형문화유산으로 지정되었다. 아리랑이 우리에게 감동을 준 것처럼 이제는 우리가 주인이 되어 세계인에게 희망과 감동의 의미를 느끼게 해야 할 것이다.

간추려보기

① 아리랑의 유래
② 영화 〈아리랑〉과 아리랑의 유행
③ 한국전쟁과 아리랑의 세계화
④ 일상의 노래 아리랑
⑤ 정선아리랑
⑥ 밀양아리랑
⑦ 진도아리랑
⑧ 북한의 아리랑
⑨ 아리랑고개의 상징적 의미

토론방향 : 세계무형문화유산으로 등재된 아리랑의 세계적 가치

학습 자료

① 뉴욕타임스스퀘어에서 상영되고 있는 아리랑 광고 영상
② 월스트리트저널에 실린 아리랑 광고

① 역사는 집단의 산물이다. 따라서 그 이면에는 집단의 정서와 욕구가 내재되어 있게 마련이다. 건국신화에는 그런 경향이 잘 나타나 있다. 융은 개인무의식과 변별성을 띠는 집단무의식을 발견했다. 무의식의 심층에는 인류의 태고유형을 이루는 고유의 집단적 유전인자가 자리 잡고 있다는 지론이다. 따라서 그 집단무의식을 긍정적인 에너지로 역동화 하고자 한 것이 융이 꾀한 분석심리학의 요체다.

② 정신분석학적 차원을 떠나서도 역사를 공유하는 민족은 자신들의 역사를 손수 가꾸고 가다듬어 우수한 민족성을 향유할 수 있다. 또한 역사는 뼈저린 반성을 통해 집단적 정서의 치유를 도모하게 한다. 그리고 보다 건강하고 발전적인 미래를 지향하게 한다.

③ 우리의 집단무의식에는 민족 공동의 제의와 의례를 통해 집단적 정서를 치유해 온 뿌리 깊은 공동체 의식이 깃들어 있다. 그것은 우리의 전통적 정신유산으로 미래를 추구하는 동력이 되어 왔다.

④ 역사는 민족과 국가가 일구어 온 문명과 문화의 합작이다. 그중에서도 민족정체성의 근간인 정신문화는 역사의 핵심적 요소이자 집단적 내면세계의 지도다. 우리는 그 지도를 정밀하게 독해함으로써 망각 아닌 망각의 심연에 억압되어 있는 역사적 상처를 치유하고 본연의 건강을 회복해 부끄럽지 않고 자랑스러운 역사를 추구해야 한다.

note book

 과거가 없는 오늘은 없다. 그런데 걸핏하면 과거를 부정하는 이웃나라가 있다. 우선 내가 이 순간 발 딛고 서있는 바로 이곳에 대해 알아보도록 하자. 수천 년 간 선조들의 자취가 이어진 곳이다.

06 시(詩)로 읽는 사랑

⇨ 강의주제 : 모든 시의 본질은 사랑이다

⇨ 수업목표	시는 기본적으로 사물에 대한 애정을 그 바탕과 동력으로 삼는다. 아무리 비판적인 시도 이면에는 비판의 대상으로부터 피해자들을 보호하려는 나름의 애정이 깔려있기 마련이다. 독재 권력이나 불의에 저항하는 시는 자유와 민중에 대한 보호의식과 사랑이 바탕을 이룬다. 진실한 신앙을 위한 순교나 우국충정 역시 진리나 조국에 대한 사랑이 그 동기이다. 그러기에 시에 담긴 사랑의 순도와 농도는 시의 가치를 평가하는 척도일 수 있다. 사랑하면 누구나 시인이 된다는 말 속에는 시와 사랑의 함수관계를 가리키는 손가락이 숨어있다. 웬만한 시인치고 연애시 한두 편 없는 경우는 드물다. 유명 시인은 그의 연애시 역시 오랜 세월에 걸쳐 널리 사랑 받는다. 사물에 대한 애정이 없이는 사물에 무관심할 수밖에 없는 만큼 거기서 진정한 시가 탄생하기는 어렵다. 가족 간의 사랑과 연인끼리의 사랑을 대표하는 시 3편을 골라 새삼 사랑의 가치와 의미를 되새겨 보기로 한다.

1) 시 독해의 열 가지 방법

① 세 번 이상 소리 내어 읽는다.

② 행마다 떼어서 읽는다.

③ 연마다 떼어서 읽는다.

④ 행간과 연간을 되새겨가며 읽는다.

⑤ 음률을 찾아내 보조를 맞추어가며 읽는다.

⑥ 상징과 비유, 알레고리, 이미지를 되새겨 본다.

⑦ 제목과 시의 관계에 대해 살펴본다.

⑧ 시인의 창작 의도를 헤아려 본다.

⑨ 주제를 다양하게 바꿔가며 해석해 본다.

⑩ 시를 읽고 난 여운을 오래 음미해 본다.

아버지의 등을 밀며 - 손택수

• 시인 소개

1970년 전남 담양에서 출생. 1998년 한국일보 신춘문예에 「언덕 위의 붉은 벽돌집」으로 등단하였다. 그의 시는 유년기적 고향의 정서를 바탕으로 하고 있는데, 흔히 지나치기 쉬운 일상적인 소재를 자신의 독특한 시선으로 명징하게 형상화해 작품의 완성도를 높이고 사회적 파장을 확장한다. 사회현실에 대한 비판적 시각이 표출된 작품에도 기본적으로 따뜻하고 긍정적인 가치관이 그 저변의 기류를 형성하고 있다. 시집으로 『호랑이 발자국』, 『목련전차』, 『나무의 수사학』, 『떠도는 먼지들이 빛난다』 등이 있다. 노작문학상, 이수문학상, 신동엽 창작상 등을 수상했다.

본문

주제 : 자식의 아버지에 대한 사랑

아버지의 등을 밀며

아버지는 단 한 번도 아들을 데리고 목욕탕엘 가지 않았다
여덟 살 무렵일까 나는 할 수 없이
누이들과 함께 어머니 손을 잡고 여탕엘 들어가야 했다
누가 물으면 어머니가 미리 일러준 대로
다섯 살이라고 거짓말을 하곤 했는데
언젠가 한번은 입속에 준비해둔 다섯 살 대신
일곱 살이 튀어나와 곤욕을 치르기도 하였다
나이보다 실하게 여물었구나, 누가 고추를 만지기라도 하면

잔뜩 성이 나서 물속으로 텀벙 뛰어들던 목욕탕
어머니를 따라갈 수 없으리만치 커버린 뒤론
함께 와서 서로 등을 밀어주는 부자들을
은근히 부러운 눈으로 바라보곤 하였다
그때마다 혼자서 원망했고, 좀 더 철이 들어서는
돈이 무서워서 목욕탕도 가지 않는 걸 거라고
아무렇게나 비난했던 아버지
등짝에 살이 시커멓게 죽은 지게자국을 본 건
당신이 쓰러지고 난 뒤의 일이다
의식을 잃고 쓰러져 병원까지 실려 온 뒤의 일이다
그렇게 밀어드리고 싶었지만, 부끄러워서 차마
자식에게도 보여줄 수 없었던 등
해 지면 달 지고, 달 지면 해를 지고 걸어온 길 끝
적막하디 적막한 등짝에 낙인처럼 찍혀 지워지지 않는 지게자국
아버지는 병원 욕실에 업혀 들어와서야 비로소
자식의 소원 하나를 들어주신 것이었다.

감상 포인트

① 비록 남의 눈에 띄지 않는 작고 하찮은 대상일지라도 시인은 눈부시게 아름다운 보물로 바꾸어 놓는 마술을 부린다. 사랑의 힘이다. 시는 머리로 쓰는 것이 아니라 가슴으로 낳는 만큼 사랑하면 제일 먼저 뛰게 되는 가슴은 곧 시의 진원지이다.

② 손택수의 「아버지의 등을 밀며」에는 끈끈한 가족애가 그 기조를 이루고 있다. 그것을 아버지의 숨은 상처를 통해 재발견할 뿐이다. 시인은 이 한편의 시를 빌려 아버지는 결코 원망의 대상이 아니라 감동의 산실인 것을 일깨워 준다.

토론방향

① 통상적으로 아버지의 등은 무엇을 상징하는가?

② 이 시에서 아버지의 등이 말하는 의미는 무엇인가?

③ 아버지에 대한 오해와 화해의 심리적 배경은 무엇인가?

④ 부자간의 대화에 대해 어떻게 생각하는가?

너를 기다리는 동안 – 황지우

• 시인 소개

1952년 해남출생. 1972년 서울대학교 미학과에 입학하였으나 이듬해 유신반대 시위로 강제입영 당하였고, 1980년 광주민주화운동에 연루되어 구속되기도 했다. 한신대학교 문예창작과 교수, 한국예술종합학교 총장을 역임하였다. 1980년 중앙일보신춘문예에 〈연혁〉으로 등단한 후, 감각적인 서정시외에도 해체시로 일컬어지는 전통시와 전혀 다른 낯선 형식의 시풍을 보이기도 했다. 또한 풍자시의 새로운 경지를 개척한 시인으로 평가된다.

시집으로 『겨울-나무로부터 봄-나무에로』, 『나는 너다』, 『게눈 속의 연꽃』, 『저물면서 빛나는 바다』, 『어느 날 나는 흐린 주점에 앉아 있을 거다』가 있으며, 연극에도 조예가 깊은 그의 창작희곡으로 「101번지의 3만일」, 「오월의 신부」, 「물질적 남자」가 있다. 김수영문학상, 백석문학상, 현대문학상, 소월시문학상, 대산문학상 등을 수상하였고, 옥관문화훈장을 받았다.

본문

주제 : 연인끼리의 사랑

너를 기다리는 동안

네가 오기로 한 그 자리에
내가 미리 가 너를 기다리는 동안
다가오는 모든 발자국은

내 가슴에 쿵쿵거린다.
바스락거리는 나무잎 하나도 다 내게 온다.
기다려본 적이 있는 사람은 안다.
세상에서 기다리는 일처럼 가슴 애리는 일 있을까.
네가 오기로 한 그 자리, 내가 미리 와 있는 이곳에서
문을 열고 들어오는 모든 사람이/너였다가
너였다가, 너일 것이었다가
다시 문이 닫힌다.
사랑하는 이여
오지 않는 너를 기다리며
마침내 나는 너에게 가고
아주 오랜 세월을 다하여 너는 지금 오고 있다.
아주 먼데서 지금도 천천히 오고 있는 너를
너를 기다리는 동안 나도 가고 있다.
남들이 열고 들어오는 문을 통해
내 가슴에 쿵쿵거리는 모든 발자국 따라
너를 기다리는 동안 나는 너에게 가고 있다

감상 포인트

① 황지우의 「너를 기다리는 동안」은 우선 감상적인 연애시로 읽힌다. 그 숨 가쁜 기다림의 정경을 살펴보면 화자가 얼마나 상대를 사랑하는지 그 간절함이 생생하게 저미어 온다. 사랑한다는 말 한 마디 없이도 그 이상의 속마음을 독자들이 느낄 수 있게 형상화하는 데에 시의 비결과 묘미가 있다.

② 한편 이 시는 그 간절한 기다림의 실제 대상을 연인이라는 단순한 틀 속에 가두지 말고 민주와 자유, 진리, 민중, 신 등으로 무한히 확대해보자.

토론방향

① 그리움과 기다림의 차이는 무엇인가?

② 이 시에서 기다림의 대상을 연인이 아닌 다른 것으로 대체해 보고 난 소감은 무엇

인가?

③ 이 시에서 "너를 기다리는 동안 나는 너에게 가고 있다"가 핵심이다. 그 진정한 의미는 무엇인가?

④ 이 시에서 화자의 온 신경은 상대에게 집중 되어 있다. 연인이 아닌 대상에게 그렇게 몰입해 본 적이 있는가?

⑤ 이 시에서 화자의 심정이 가장 잘 나타나 있는 구절은 어디인가?

소풍 – 나희덕

• 시인 소개

1966 충남 논산 출생. 1989년 중앙일보 신춘문예에 「뿌리에게」가 당선되어 등단. 모성적 상상력을 바탕으로 대상을 따뜻한 시선으로 감싸 안고 생명의 원리를 추구하는 서정적인 작품을 주로 창작하였다. 시집으로 『뿌리에게』, 『어두워진다는 것』, 『사라진 손바닥』, 『야생 사과』 등과 수필집 『반통의 물』, 『저 불빛들을 기억해』 등이 있다. 소월 시 문학상, 미당 문학상 등을 수상했다.

본문

주제 : 어머니의 자식에 대한 사랑

소풍

애들아, 소풍 가자.
해지는 들판으로 걸어가
저 넓은 바위에 상을 차리자꾸나.
붉은 노을에 밥 말아먹고
빈 밥그릇 속에 별도 달도 놀러 오게 하자.

살면서 잊지 못할 몇 개의 밥상을 받았던 내가
이제는 그런 밥상 하나
너희에게 차려줄 때가 되었나 보다.
가자, 얘들아, 어서 저 들판으로 가자.
오갈 데 없이 서러운 마음은
정육점에 들러 고기 한 근을 사고
그걸 싸서 입에 넣어줄 채소도 뜯어왔단다.
한 잎 한 잎 뜯을 때마다
비명처럼 흰 진액이 새어나왔지.
그리고 이 포도주가 왜 이리 붉은지 아니?
그건 대지가 흘린 땀으로 바닷물이 짠 것과 마찬가지로
엄마가 흘린 피를 한 방울씩 모은 거란다.
그러니 얘들아, 꼭꼭 씹어 삼켜라.
그게 엄마의 안창살이라는 걸 몰라도 좋으니,
오늘은 하루살이 떼처럼 잉잉거리며 먹자.
언젠가 오랜 되새김질 끝에
네가 먹고 자란 게 무엇인지 알게 된다면
너도 네 몸으로 밥상을 차릴 때가 되었다는 뜻이란다.
그때까지, 그때까지는
저 노을빛을 이해하지 않아도 괜찮다.
다만 이 바위에 둘러앉아 먹던 밥을
잊지 말아라, 그 기억만이 네 허기를 달래줄 것이기에

감상 포인트

① 모성적 상상력을 주조로 하는 시인의 대표시 중 하나로 널리 사랑 받는 시이다. 이 시에는 엄마의 피가 포도주로, 엄마의 몸(안창살)은 정육점에서 산 한 근의 고기로 물질화된다. 그만큼 엄마가 차려주는 밥상의 의미가 각별한 것을 이른다.

② 그것은 일찍이 엄마가 세상으로부터 받은 바 있는 밥상이기도 하다. 그리고 자

식들도 언젠가 몸으로 그 밥상을 차릴 것을 이른다. 여기에서 밥상이 상징하는 것은 그렇게 온몸으로 이루어진 은혜이다. 다시 말해 은혜의 발견과 보은에 대한 다짐이 시의 요체이다. 그런데 그 밥상을 차리는 장소가 소풍지이다. 그리고 엄마는 자식들에게 함께 둘러앉아 밥을 먹는 자리가 바위 위인 것을 잊지 말라고 한다. 은혜를 즐겁게 갚고 또 베풀되 바위처럼 단단히 그 의미와 가치를 되새기라는 간곡한 전언인 것이다.

토론방향

① 이 시에서 밥상은 무엇을 의미하는가?

② 밥상의 현대적 가치는 무엇인가?

③ 모성애가 잘 나타난 구절은?

④ 시인은 왜 소풍을 통해 밥상의 의미를 일러준 것일까?

⑤ 이 시에서 바위는 무엇을 상징할까?

① 시는 문학치유 중에서도 그 가치와 기능면에 있어서 중요한 장르이다. 시는 내면에 잠재된 무의식의 심리적 장애요소들을 바깥세계로 이끌어냄으로써 헝클어진 내면의 감정을 정돈한다. 외부 사물보다 내면의 소리에 귀를 기울이는 시는 은유와 상징, 초언어적 직관을 통해 독자들의 심혼과 정서를 일깨우고, 순화하고, 위안을 줌으로써 치유의 효과를 증진시킨다. 우리는 시를 통하여 영혼의 안식과 더불어 인격의 도야, 의지의 분발을 기하기도 한다. 따라서 정제된 시어 하나, 행간에 고인 침묵조차도 고도의 치유를 유발하는 효능과 의미를 지닌다.

② 자아를 완성하기 위해서는 타인과 사심 없이 교류하는 것만큼 효과적인 방법도 드물다. 자아를 단련하는 데 이기심만큼 방해되는 것은 없기 때문이다. 진정한 자아는 전체와 분리된 개인이 아니라 전체에 동화된 전체 속의 개인을 의미한다. 타인은 자아와 별개의 존재가 아니라 또 다른 자신임을 깨칠 때 진정한 자유와 평화가 주어진다.

③ 자연스럽게 하나의 전체를 이룰 수 있는 사이가 곧 사랑하는 이들의 관계다. 사랑은 '너'와 '나'가 하나가 됨으로써 참다운 생명의 가치를 실현하는 자아성취의 능동적 주제이다. 우리는 누군가를 사랑하면서 스스로를 치유하고, 상대의 사랑을 통해 치유를 받는다. 사랑은 자아를 깊고 넓고 깊게 확장하며 그 대상에 따라 다양한 형상을 이루게 된다. 그러나 부모와 자식의 사랑이든, 남녀의 사랑이든, 또는 우주 자연에 대한 사랑이든 본질적으로 상대에 대한 애정이 그 바탕을 이룬다. 그리고 애정은 치유의 필수불가결한 재료이다.

note book

우리말은 매우 중의적이어서 삼라만상에 대해 변화무쌍한 표현을 할 수 있다. 시는 그런 언어의 압축이다. 따라서 시를 읽고 그 뜻을 나름 헤아릴 수 있다면 벌써 시인이 된 것이다. 한 편의 시를 써보자.

07 『동과 서』 | EBS 제작팀 · 김명진

⇨ 강의주제 : 동양과 서양의 통섭적 만남

⇨ 수업목표	동양과 서양의 차이를 비교 분석함에 있어서 우월감이나 열등감을 떠나 우월성은 살리고 취약점은 보완함으로써 각각의 장점을 극대화하는 발전적 통섭의 자세로 임한다. 동양과 서양이 각각 다른 환경 속에서 독자적 영역을 개척해 온 것은 세계문화의 통합적 측면에서 효과적인 역할분담이었다. 그 분업적 성과를 혼융하여 미래지향적 가치를 창출해 나가는 지식과 안목을 이 책의 내실 있는 독해와 토론을 통해 배양한다.

1) 저자 소개

김명진. 고려대학교를 졸업하고, 한국예술종합학교 서사창작 전공 예술석사학위를 받았다. 중국어학연수와 케나다 교환학생 경험을 통해 동서양의 문화, 언어, 철학의 차이에 주목하게 되었고, 이것이 인연이 되어 EBS 다큐멘터리 〈동과 서〉 기획에 참여하게 되었다. 다양한 분야를 심층적으로 연구하는 작업에 매력을 느껴 2005년부터 EBS에서 다큐멘터리 작가로 활동하고 있다. 현재 EBS 〈지식채널〉 작가로 활동 중이며, 인문학과 자연과학을 넘나드는 '지식의 통섭' 작업에 특히 관심이 많다. 저서로는 『AGON, 경쟁이 즐거운 나라』가 있다.

2) 이 책의 가치와 의미

『동과 서』는 "우리 스스로에 대한 이해는 물론 타문화에 대한 올바른 이해를 돕는 계기가 될 수 있기를 바란다."라고 서두에서 밝히듯이 방대하고 다양한 연구 방법을 동원해 동과서의 인지과정, 사고방식, 가치관 차이를 정밀 분석한다.

그러나 이 책은 동양과 서양의 이분법적 비교우위보다 각각의 특성을 균형 있는 관점으로 기술하여 독자들의 객관적 판단과 이해를 돕는 길잡이 역할을 한다. 서구 문명과 문화의 범람에서 부터 시작된 현대화는 한국을 비롯한 동양이 지나치게 서구 일변도로 치우치는 자기 망각 속에서 이루어졌다. 그러나 아무리 서구화의 격랑 속에 빨려들어 간다 해도 그 저변엔 동양 고유의 정체성이 잠재되어 있음을 부인하기 어렵다. 일찍이 서양의 유수한 지성과 석학들은 동양사상과 문화의 가치에 대해 지대한 관심을 기울여 오기도 했다.

그러기에 이 책은 다양한 실험에서 얻어진 풍부한 자료를 토대로 동서양의 철학과 학문, 사고방식의 차이를 쉽고 재미있게 풀이하여 독자들의 인문학에 대한 흥미를 유발하고 자신이 속한 세계의 문화를 긍정적인 시각으로 인식하도록 이끌어 주고 있다. 따라서 미래지향적 동양의 정체성을 재확인하고 자기 것에 대한 긍지를 되새기는 차원에서도 이 책은 현대 교양인의 참고서일 수 있다.

3) 핵심 톺아보기

① 허공은 텅 비었는가, 기(氣)로 가득 차 있는가?

② 순환적 시간관과 직선적 시간관

③ 동양화와 서양화

④ 독자적 나와 관계 속의 나

⑤ 명사를 많이 사용하는 서양과 동사를 많이 사용하는 동양의 사고방식

⑥ 한의학과 서양의술

⑦ 서양의 이원론과 동양의 일원론

⑧ 서양의 나와 동양의 우리

⑨ 펜과 붓의 차이

⑩ 동양의 직관력과 서양의 분석력

⑪ 서양의 독립심과 동양의 의타성(依他性)

4) 독서토론 요점

Part 1

세상을 보고 인식하는 차이

동양	서양
겉으로 드러나는 형상보다 그것을 이루고 있는 재질과 그 공통점에 주목한다.	겉으로 보이는 생김새 즉 재질보다 모양을 중심으로 생각한다.
물체의 특정수량을 굳이 강조해서 말하지 않는 언어습관을 가지고 있다.	사물을 언급할 때 분명하게 수량을 밝혀서 말한다.
눈에 보이지 않는 이상적 세계를 중시, 허공은 기로 가득하다고 생각한다.	눈에 보이는 현상적 세계를 중시, 허공은 단순히 텅 빈 허공일 뿐이라고 본다.
개체간의 관계 속에서 일어나는 상호작용을 중심으로 생각하기 때문에 사물이나 사람 간의 관계에 초점을 맞춘 동사적 표현을 많이 쓴다.	사물들이 독립된 개체라고 믿기에 개체의 속성을 대표하는 명사가 언어의 중심을 이룬다.
사물의 특성을 다른 사물과의 관계 속에서 파악하려고 한다.	복잡한 사물들을 정리하기 위해 같은 속성을 가진 것끼리 분류해 묶는 방식을 택한다.
만물의 순환성을 중시해 우주 자연이 서로 연관 되어 흐르는 순환적 시간관을 추구한다.	상호 전체적 연관성보다도 개체의 독립성을 강조하기 때문에 직선적 시간관이 주조를 이룬다.
전체의 연결성 속에서 개체를 바라보는 직관적 사고를 한다. 전체적 맥락을 고려하기 때문에 모호함에 대해서도 너그러운 편이다.	사물을 개별적으로 관찰하고 공통된 규칙성에 따라 분류하는 분석적 사고를 한다. 모든 것을 명료하게 단순화하여 특징별로 구분 짓기를 즐긴다.

현상의 원인을 사물을 둘러싼 상황 때문으로 본다.	현상의 원인을 사물의 내부에 존재하는 속성 때문이라고 본다.
주역의 기본 개념처럼 정체성에 얽매이지 않고 상호관계의 속성인 변화와 순환을 추구하는 직관적 도덕성이나 윤리학이 발달하였다.	플라톤이 제시한 고정불변의 이데아 개념처럼 동일성이나 정체성을 추구하는 논리학이 발달하였다.
주변의 분위기와 인물의 상태를 묘사.	인물의 감정이나 정신 상태를 표현.
다양한 상황에 맞추어 변화를 추구한다.	어떤 상황에서도 변하지 않는 고정된 자기만의 정체성을 유지
전체적인 유사성에 초점을 맞춘다.	개별적인 규칙성을 살핀다.
뇌구조에 있어서 전체를 하나로 인식하는 데 익숙하다.	뇌구조에 있어서 각각의 사물을 개별적으로 인식하는 데 익숙하다.
사물 간의 경계를 의식하지 않고 전체를 하나로 꿰뚫어 보는 직관을 중시한 탓에 붓이 발달하였다.	사물의 경계를 분명하게 구분해 분석하는 것을 중시한 탓에 펜이 발달하였다.
충분히 생각한 후 말하도록 가르치듯이 생각을 중시한다.	활발하게 자기의견을 표현하고 토론하는 것을 장려하듯이 언어를 중시한다.
언어란 의미를 전달하기 위한 수단일 뿐이라는 언어에 대한 소극적 인식을 기반으로 직관과 종합을 중시하는 지혜의 문화가 발달하였다.	언어에 대한 적극적인 인식을 바탕으로 한 분석과 논리의 산물인 지식문화가 발달하였다.

간추려보기

① 물체를 기준으로 보면 부분은 전체를 이루는 구성요소일 뿐이지만 물질을 기준으로 보면 부분과 전체를 따로 구분하는 것이 무의미하다. 서양은 전체란 각 개체들이 모여 이루는 집합의 개념으로 각각의 물체를 쪼개어 구분하는 능

력이 발달했지만, 동양은 전체란 개체성이 없는 일체의 상태로 사물의 동질성과 그 연결성에 주목한다. 따라서 서양에서는 각각의 존재를 바탕으로 개체의 속성을 파악하는 존재론이 발달하고, 동양에서는 유기적으로 전체적 합일을 꾀하는 관계론을 중시해 왔다.

② 근대물리학에서 중력은 물체 안에 내재한 것이 아니라 지구와 사물, 두 물체간의 관계 속에서 작용하는 힘으로 증명함으로써 동양의 유기적 자연관이 새롭게 조명되었다.

③ 또한 과학기술의 발전이 생태계 전체에 파멸의 위기를 가져 올 수 있다는 우려가 확산되면서 서양의 기계론적 자연관에 대한 반성과 비판이 높아지고 있다. 그리고 자연과 세계를 상호 의존적인 관계의 총체로 보아야 한다는 동양의 유기체적 자연관이 새로운 대안으로 강조되고 있다.

Part 2

나와 우리

동양	서양
대상의 입장에서 세상을 바라본다. 따라서 대상과 하나가 됨으로써 대상을 이해한다.	내가 주체가 되어 대상을 객관적으로 바라봄으로써 대상을 인식한다.
그 사람의 실제 행동과 타인에 대한 태도를 보고 그 사람을 평가한다.	사람을 평가할 때 그 사람의 성격, 생각, 선호하는 것을 본다.
다른 사람이 생각하고 느끼는 방식으로 세상을 보기에 타인 중심적이며 관계적 투사로 나타난다.	내가 느끼고 생각하는 방식으로 세상을 보기에 이기적이며 자기중심적 투사로 나타난다.
삼인칭이 발달했고 상대방의 입장을 기준으로 체면을 세워가며 말한다.	일인칭이 발달했고 자신의 입장에서 솔직하게 말한다.
발표하기 전에 다른 사람의 의견을 적절하게 종합하고 정리하는 경향이 있다.	자신의 생각과 감정을 적극적으로 표현하도록 장려한다.

은근하고 모호하거나 반어적 표현을 즐겨 사용한다.	구체적이고 의미가 분명하게 말한다.
그림 감상에 있어서 주변인들의 감정까지 고려해 중심인물의 감정상태를 판단한다.	그림 감상 시 주변인들의 표정에 상관없이 중심인물의 표정에만 주목한다.
모든 사물과 현상이 전체적인 맥락 속에 놓여있다고 생각하기에 사건이 생기면 그 원인이나 결과에 대해 서양인보다 훨씬 넓은 시야를 가지고 생각한다. 자신의 특정행동이 가져올 결과와 그 결과가 다시 다른 결과를 가져오리라는 생각을 자연스럽게 하게 되고 이 모든 것에 큰 책임을 느낀다.	자기가 한 일은 자기 자신에게만 영향을 미친다고 생각하기에 타인에 대한 연대적 책임감이 약하다.
자아는 나라고 하는 개인에 한정되지 않고 우리로 확장된다. 소유개념에 있어서도 '내 것'이 '우리 것'으로 표현되는 경우가 많다.	자아의 범위는 대체로 개인인 나에 한정된다.
개별적으로는 매우 친밀하고 깊은 인간관계를 추구하지만 일단 집단에 속하게 되면 그 집단에 속하지 않은 사람에게는 매우 배타적이다.	낯선 사람과 빠르게 인간관계를 맺는데 능숙하지만 개인적으로 속마음을 쉽게 털어놓을 수 있는 친밀하고 깊은 인간관계를 맺는 데에는 상대적으로 취약하다.
전통의 가족적 분위기 속에서 협동관계를 지속하는 탓으로 의존적 경향이 강하다.	개인주의적 사고방식 탓에 어려서부터 독립적인 사람이 될 수 있도록 자립심을 장려한다.
타인의 기대에 부응해 인정받으려는 사회적 존중감이 성취의 주요 동기로 작용한다.	남을 의식하지 않고 자기 스스로가 이상적 수준에 도달할 때 느낄 수 있는 자기존중감이 강하다.
위계질서가 공고한 계층구조가 사회의 질서와 안정을 지켜준다고 믿는 수직적 사회구조 성격이 강하다.	자기 행동에 스스로 책임을 지는 독립적인 자아가 존중 받을 때 가장 큰 성취감을 느끼는 수평적 사회구조의 경향이 강하다.

‘나’의 행복보다는 ‘우리’의 행복을 중시한다.	나의 행복이 우선이다.

간추려보기

① 단체의 구성원으로써 유기적 연관성이 몸에 익은 동양인은 주체와 객체가 명확히 분리되지 않은 상호 보완적 기능에 치중한다. 즉 나와 대상을 따로 보지 않고 하나의 공동운명체로 삼는 순응적 자세를 미덕으로 여기는 것이다. 반면 전체보다 부분적 기능을 강조하며 개인의 삶을 우선시한 서양인들은 주체적 지위를 강화하는 자기중심적 사고가 체질화 되어 나와 남을 분명히 구분한다. 그리하여 주체적 나에 대한 객체로써의 대상을 상대적 존재로 이원화 해 세상을 관찰자의 시각으로 분석한다.

② 동양인들은 ‘우리’의 하나인 대상의 입장에서 대상과의 합일을 꾀하는 반면 서양인들은 철저한 대상의 객관화를 통해 주체적 위치를 견고히 한다. 따라서 개인의 능력을 기준으로 한 개개의 권리와 책임이 자율적으로 중요시되어 왔다. 그러나 집단적 협력이 일차적 수단인 농경문화가 발달한 동양에서는 일체적 화합이 필수 덕목인 만큼, 개인의 이익을 경쟁적으로 꾀하는 교역문화가 발달했던 서양과 달리 개인의 권리와 주체적 인식이 명확하게 습관화 되지 못했다.

① 동양의학은 보이지 않는 근본 원인을 찾아내 장기적이며 전체적인 치료를 하지만 서양의술은 눈에 띄는 환부에 집중하여 단기적이며 국소적 치료를 한다. 각각의 장단점이 있기에 둘의 조화를 꾀하는 것이 합리적 치료일 수 있다. 그러나 마음의 치유에 있어서는 정신분석학의 선구적 위치를 차지하는 서양의 치유기법이 독점적으로 상용되는 실정이다. 그렇다고 동양에 마음의 치유를 관장할 치유법이 취약하다고 속단할 수만은 없다. 일찍부터 서양의 석학이나 지성들은 동양의 사상적 가치에 매료되었다. 특히 정신을 다스리는 부분에 있어서 탁월한 깊이를 지닌 동양의 종교와 사상에 비상한 관심을 기울여 왔다. 불교는 마음을 다스리는 종교이다. 도교 역시 우주의 본성과 둘이 아닌 인간의 성정을 자연의 섭리에서 찾고 있다. 유가의 사서삼경 역시 마음을 다스려 외양을 바르게 하는 수신(修身)에 초점을 맞추고 있다. 심층심리학적 치유나 문학치유도 동양의 심원한 사상에서 그 근본적 해법을 찾아야 할 것이다.

② 서양은 인간 중심주의적 사고가 보편적 가치로 대두되어 왔다면 동양은 자연친화적 관습이 주류를 이루어 왔다고 볼 수 있다. 서양은 개인이 주체를 이루는 수평적 관계의 확충에 치중한 반면 동양은 순응적으로 전체를 아우르는 수직적 관리체제를 세습화 해왔다. 따라서 자아의 권익이 가치의 척도인 서양은 자유롭고 다양한 통로를 통해 자신의 감정을 해소해 온데 비해, 개체보다도 전체적 질서를 강압적으로 지속해 온 동양은 가슴 속 깊숙이 한(恨)과 화의 진원지인 심리적 장애를 품고 키워왔다. 다만 체념적 인고의 관행에 따라 그 심각한 양상이 밖으로 드러나지 않았을 뿐이다. 이제 동양도 자연스럽고 자유롭게 자신을 표현하고, 자신의 가치를 스스로 높이는 데서부터 바람직한 치유를 꾀해야 할 것이다.

note book

동양과 서양의 사고방식이 다름은 차별이 아니다. 왜 서양과 다름을 약점이라 생각하는가? 다름은 이제 약점이 아니라 강점이다. 그 다름을 어떻게 강점으로 마케팅 할 것이지 한번 생각해보도록 하자.

08 『회복탄력성(回復彈力性)』 | 김주환

⇨ 강의주제 : 긍정적 자아실현의 힘 기르기

⇨ 수업목표	대개의 정신분석은 환자의 부정적인 면을 들추어 내 치유하는 어둡고 음울한 것으로 치부되기 쉽다. 그러나 인간의 내면에는 전류의 흐름이나 에너지의 분출처럼 긍정적인 힘도 작용하기 마련이다. 다만 그것을 제대로 도출해 내지 못하거나 활성화할 줄 모르기 때문에 억누르고 마는 경우가 허다한 것이다. 그 반작용으로 요즘 들어 인간의 심리 중 긍정적 요소를 부각시키려 하는 긍정심리학 저서가 유행처럼 서점가에 번지고 있다. 고무적인 현상이면서도 상업화의 전략적 수단으로 인간의 정신세계가 이용되는 듯한 염려를 지우기 어렵다. 회복탄력성도 긍정심리학 저서 중 하나이다. 그러나 탄탄한 구도와 실증적 치밀성이 일단 그런 기우를 씻어준다. 그렇다면 문제는 저자의 지론을 얼마나 효과적으로 현실에 응용하느냐에 달려 있을 것이다. 그런 시각에서 이 책을 선정한 만큼 실용적 독해와 생산적 토론을 통해 그와 같은 목적을 달성해야 할 것이다.

1) 저자 소개

서울대학교 정치학과를 졸업하고, 펜실베니아 대학교에서 커뮤니케이션학으로 석사와 박사학위를 받았다. 보스턴 대학교 커뮤니케이션학과 교수를 역임하고 귀국, 현재 연세대학교 언론영상학부 교수로 재직 중이다. 저서로는 『구조방정식 모형으로 논문쓰기』, 『디지털 미디어의 이해』 등이 있다.

2) 이 책의 가치와 의미

탄력은 고무공이 튀어 오르듯 더 멀리, 더 높이 그 반경을 확장하는 힘을 이른다. 반동의 효과를 높이려면 얼마간의 움츠림이 있어야 한다. 뒤로 물러서거나 제자리서

주춤하는 저자세가 필요한 것이다. 그것은 곧 이보 전진을 위한 일보 후퇴를 의미한다. 살다보면 전진만 있을 수 없다. 더러 실패도 있고 그에 따르는 고통이 만만찮을 수도 있다. 그러나 긍정적 에너지를 지닌 사람은 그 역경을 탄력을 위한 반동으로 활용한다. 그리하여 실패를 만회하고 그 탄력으로 오히려 전화위복의 상승을 꾀한다.

어느 누구도 지치지 않고 달릴 수만은 없다. 다만 회복은 빠를수록 좋다. 탄력은 빠르고 왕성한 회복력을 의미한다. 전력투구 역시 탄력의 일차적 동력이다. 지혜로운 사람은 고통을 행복으로 바꾸고, 위기를 기회로 역전시키는 능력을 발휘한다. 그러기에 고통이나 위기를 두려워하지 않는다. 도약을 위한 에너지쯤으로 생각할 뿐이다.

회복탄력성은 극복력, 탄력성, 회복력 등을 가리키는데 역경과 실패를 발판 삼아 마음의 근력을 강화하는 것을 이른다. 대부분 역경을 도약의 기회로 삼아 성공한 경우가 많은 것을 보면 회복탄력성의 위력을 실감케 된다. 긍정적 사고방식은 회복탄력성과 밀접한 관계를 지닌다.

이 책은 마음의 힘을 강화하여 역경을 극복하는 데 있어서 긍정적 사고가 필수적으로 기여함을 새삼 강조하고 있다. 긍정적 가치관과 사고방식은 적극성을 유발하고 사회적 적응력을 높여 보다 크고 참신한 창의적 성취를 기약하기 때문이다.

저자는 회복탄력성을 높이기 위한 방안으로 자기조절능력, 대인관계능력, 긍정성의 능력을 들고 있다. 자신에 대한 사랑과 이해를 통해 자기 조절능력을 키우고, 상대에 대한 이해도를 높여 대인관계의 원활을 기하고, 긍정적 감정을 확산하여 부정적 감정을 다스리는 것은 회복탄력성의 요체인 긍정적 사고방식을 생활화하는 첩경이다.

현재를 충실히 가꾸고 누림으로써 내일을 빌미로 현재의 자기희생을 강요하는 자신을 어리석음에서 해방하는 한편, 원만한 대인관계를 위해서 상대와의 원활한 소통을 도모하는 것 또한 자아 발전을 목표로 하는 회복탄력성의 취지와 일치한다.

부정적 사고와 대안도 없는 비판이 난무하는 세태 속에서 긍정적 사고방식을 고취하고 그 가치를 사회적으로 확장하는 것은 오늘의 사회가 절실히 요구하는 과제이다. 이 책은 그 점에 있어서 중요한 시대적 의미와 가치를 지니고 있다.

3) 핵심 톺아보기

① 몸과 마음은 어떻게 상호 보완작용을 하는가?

② 회복탄력성은 이성보다 감성의 기능에 더 비중을 두고 있다. 감정관리에 있어서 가장 어려운 점은 무엇인가?

③ 독자적으로 일할 때와 협업을 할 때 중 어느 경우에 더 성취감을 느끼는가?

④ 자신의 강점과 약점을 각각 열 개씩 찾아보자.

4) 독서토론 예시문

Part 1

교수 · 학습활동

주제 : 회복탄력성이란 무엇인가?

요점 :
① 역경과 고난을 성공과 도약과 에너지로 삼을 수 있어야 한다.
② 성공을 탄탄히 하려면 실패의 경험이 필요하다.
③ 회복탄력성이 강한 사람은 더 멀리 더 높이 자신을 확장한다.
④ 불의의 사고를 당하고도 마음의 안정을 통한 집중력을 발휘한 이상목 교수
⑤ 노숙자 쉼터의 살아있는 신화 김동남 씨.
⑥ 선천적 기형을 극복하고 피플지 선정 〈아름다운 여성 50인〉에 뽑힌 에이미 멀린스
⑦ 식이장애 아들 때문에 전업주부에서 식품산업을 주도하는 인물이 된 패트리샤 휘웨이
⑧ 가난한 싱글맘으로 해리포터를 쓴 조앤 롤링
⑨ 경험자아와 기억자아의 차이. 기억자아와 회복탄력성의 관계

요점 : ⑩ 불우한 환경을 극복한 강한 자신감과 긍정성이 성장의 동력이 된 마이클, 케이, 메리
⑪ 회복탄력성의 핵심적 요소는 긍정적이고 건강한 대인관계이다.
⑫ 사랑 없이는 인간을 강하게 만들 수 없다. 사랑은 자아 존중감과 타인에 대한 배려를 동일시함으로써 참다운 인간관계를 이룬다.
⑬ 가족의 힘은 불우한 환경도 낙관적 성격의 요람으로 바꾼다.

본문

"일밖에 모르던 내가 사고 후에 오히려 희망이 무엇인지 알게 되었습니다." 그리고 한 마디 덧붙였다. "나는 행운아입니다." (이상목 교수)

토론방향 : 사람은 두 부류의 유형으로 나눌 수 있다. 긍정적인 사람과 부정적인 사람이다. 둘 중 누구를 좋아하는가?

Part 2

교수 · 학습활동

주제 : 나와 회복탄력성

요점 : ① 회복탄력성이 높은 사람은 실수나 실패를 두려워하지 않는다. 그러기에 위기를 도약의 기회로 삼는다.
② 곤란에 처했을 때 변화된 환경에 신속히 적응함으로써 정신적 성장을 기하는 유연성과 역동성이 회복탄력성의 두 날개다.
③ 내가 지금 잘하고 있는가라는 스스로의 질문에 분명히 대답할 수 있어야 한다.
④ 회복탄력성이 높은 사람은 자신의 성공은 물론 실수나 실패에 대해서도 긍정적인 자세를 취한다.
⑤ 자기 최면적 뇌 훈련을 통해 긍정적 습관을 기를 수 있다.
⑥ 머리로 배우기에 끝나는 지식보다도 그 지식을 반복적 훈련을 통해 몸에 배도록 해야 한다.

요점 : ⑦ 긍정적 정서가 반영된 뒤센의 미소를 습관화하는 것은 회복탄력성을 높이는 효과적 방법이다.
⑧ 긍정성은 타인에 대한 배려나 봉사활동을 부추기고, 타인에 대한 배려나 봉사활동도 자신의 긍정성을 높여준다. 이를테면 상호 상승작용을 한다.
⑨ 즐겁지 않은 환경 속에서는 창의력이 발휘되지 못한다는 슬로건 아래 세계적 창업주가 된 구글

본문

남을 배려하고 봉사하는 착한 마음으로 살면 그것이 자신에게 복으로 돌아온다는 것은 이제 단순히 도덕적인 이야기만이 아닌 과학적으로 입증된 사실이다.

토론방향 : 누구나 고난과 위기를 경험하며 살기 마련이다. 그렇다면 자신의 고난 대처법은 무엇인가?

Part 3

교수 · 학습활동

주제 : 자신을 다스릴 줄 알아야 한다.

요점 : ① 역경을 극복해 내는 사람들의 공통점인 자기조절능력은 자신에 대한 이해를 통해 스스로의 감정을 인식하고 적절히 조절하는 힘을 말한다.
② 뇌 과학에서 밝혀진 심리학적 발견들을 교육학에 접목시킨 하워드 가드너
③ IQ와 성취도는 아무런 상관도 없다. 성취에 있어서는 이성보다도 감성적 작용이 중요한 것이다.
④ 자기 분야에 공헌한 사람들은 자기 이해 지능이 높은 공통점을 지닌다.
⑤ 자기이해능력을 기반으로 하는 인성지능은 회복탄력성을 이루는 핵심요소다.

요점 : ⑥ 창의성은 성취감을 높이는 필수적 조건 중 하나이다. 회복탄력성과 창의성은 긴밀한 관계를 유지한다.
⑦ 긍정적 정서는 진취적 사고와 새로운 과제에 대한 도전정신을 키워준다. 따라서 그만큼 많은 기회가 주어진다.
⑧ 함께 어울려 공부하는 협동학습이 혼자 공부하는 것보다 더 효과적이다.
⑨ 아이들이 건강한 정신으로 행복하게 살아갈 수 있게 하는 회복탄력성의 근간은 자율성을 기반으로 하는 충동통제력이다.
⑩ 최고의 음식은 맛있으면서 몸에도 좋은 것이어야 한다.

본문

물 한 컵이 있다. 이때 그 컵의 주어진 기능은 물을 담는 것이다. 그러나 그 물을 버리면 그 컵은 연필꽂이로 사용할 수도 있고 혹은 밑에 구멍을 뚫어서 화분으로도 사용할 수 있다.

토론방향 : 저자가 SBS의 〈그것이 알고 싶다〉 제작팀과 실시한 회복탄력성 검사 결과, 한국인은 감정통제력, 자기 효능감, 적극적 도전성 등의 요소에서 현저하게 낮은 수치를 보였다. 반면 충동통제 능력에 있어서는 한결 높은 점수를 보였다. 이는 회복탄력성과는 배치되는 사실로 인내심에는 강한 반면 긍정적 사고에는 취약한 단면을 드러낸다. 이 점에 대해 어떻게 생각하는가?

Part 4

교수 · 학습활동

주제 : 긍정적 대인관계

요점 : ① 좋은 인간관계는 그만큼 건강한 행복을 선물한다.
② 건강한 사회성은 회복탄력성의 주요 요소이다. 회복탄력성이 높은 경우 뛰어난 사회성을 발휘한다.

요점 : ③ 사랑하는 능력과 더불어 사랑 받을 수 있는 능력은 행복과 긍정적 정서를 위한 필수 사항이다.
④ 소통능력은 상대의 호감을 끌어내는 대화를 일차적 수단으로 삼는다.
⑤ 원만한 대인관계는 강한 회복탄력성의 기반이다. 또한 강한 회복탄력성 역시 좋은 인간관계를 이루는 요소이다.
⑥ 소통불안은 소통능력을 방해하는 첫 번째 장애이다.
⑦ 사랑과 존중을 동시에 얻는 소통이야말로 인격과 행복의 척도이다.
⑧ 공감은 다른 사람의 심리나 감정 상태를 잘 읽어내는 데서부터 시작된다.
⑨ 자아의 확장은 타인과의 관계에 대한 인식에서 비롯된다. 그것은 곧 타인과의 공감대를 확산하는 길이기도 하다.
⑩ 긍정적인 정서를 지닌 사람들은 더 쉽고 더 깊게 이웃과 친밀해진다,
⑪ 아이의 마음을 잘 헤아릴 줄 아는 엄마는 아이들의 언어능력과 놀이 기술을 월등히 증가시킨다.
⑫ 안정적 사랑의 유형은 행복한 가정을 위한 탄탄한 발판이다.

본문

커뮤니케이션의 원래 의미는 메시지를 상대에게 전달하기 보다는 어떠한 경험을 함께 한다는 뜻이다. 공통의 경험을 함께 나누는 것이 소통이다.

토론방향 : 실수를 두려워하는 사람은 실수를 억누르고 무시하려는 경향이 있다고 한다. 이는 회복탄력성에 반하는 경우로 열등감과 내면의 상처를 키우게 된다. 자신은 실수에 대해 어떻게 대처하는가?

교수 · 학습활동

주제 : 자신의 강점 살리기

요점 : ① 행복도 체계적인 훈련과 꾸준한 노력의 산물이다.

② 비관적인 사람은 타인의 부정적 시선을 두려워한다. 따라서 인간관계에서 많은 문제를 유발하고 상처를 받는다. 한편 낙관적인 성격은 긍정적 사고에서 길들여진다. 타인에 대한 인식에 있어서도 긍정적이기에 자연스럽게 상대의 호감을 불러일으킨다.

③ 취약점을 보완하는 것도 중요하지만 자신의 강점을 찾아내 집중하는 것이 훨씬 더 효과적이다.

④ 자신의 강점을 십분 발휘하는 것은 진정한 행복의 핵심이다. 자신이 잘 할 수 있는 일에 열정을 바치고 즐거움을 누리는 것처럼 보람찬 행복은 없다. 그것은 긍정성을 높이는 회복탄력성의 이상적 경지이기도 하다.

⑤ 강점의 발휘는 대인관계를 원만하게 수행하는 요소이기도 하다.

⑥ 감사하는 마음과 그 표현은 긍정심리학의 요체인 긍정성훈련방법 중 최고의 효과를 지니고 있다.

⑦ 긍정성을 향상시키려면 훈련이 필요하다. 꾸준하면서도 집약적인 훈련이 필요하다

본문

똑같은 사건이나 사물에 대해서도 긍정적인 사람과 부정적인 사람은 뇌를 전혀 다른 방식으로 사용한다. 긍정적인 사람은 긍정적 정서가 뇌에 깊이 각인되어 습관이 된 사람이다. 인간의 뇌는 가소성을 지니고 있기 때문에 아무리 나이가 들어도 반복적 훈련을 하게 되면 변하게 마련이다.

토론방향 : 어려운 환경을 이겨내고 반듯이 성장한 아이들이 지니는 공통점은 자신을 무조건 이해해 주고 따뜻이 받아주는 어른이 곁에 있었다는 사실이다. 자신에게 그런 존재가 한 분이라도 있는가?

나의 회복탄력성 지수 알아보기〈KRP-53 테스트〉

• **응답 방법 : 각 문항을 읽은 후 다음과 같이 점수를 기록한다.**

전혀 그렇지 않다 1 / 그렇지 않다 2 / 보통이다 3 / 어느 정도 그렇다 4 / 매우 그렇다 5

① 나는 어려운 일이 닥쳤을 때 감정을 통제할 수 있다.

② 내가 무슨 생각을 하면, 그 생각이 내 기분에 어떤 영향을 미칠지 잘 알아챈다.

③ 논쟁거리가 되는 문제를 가족이나 친구들과 토론할 때 내 감정을 잘 통제할 수 있다.

④ 집중해야 할 중요한 일이 생기면 신바람이 나기보다는 더 스트레스를 받는 편이다.

⑤ 나는 내 감정에 잘 휘말린다.

⑥ 때때로 내 감정적인 문제 때문에 학교나 직장에서 공부하거나 일할 때 집중하기 힘들다.

⑦ 당장 해야 할 일이 있으면 나는 어떠한 유혹이나 방해도 잘 이겨내고 할 일을 한다.

⑧ 아무리 당황스럽고 어려운 상황이 닥쳐도, 나는 내가 어떤 생각을 하고 있는지 스스로 잘 안다.

⑨ 누군가가 나에게 화를 낼 경우 나는 우선 그 사람의 의견을 잘 듣는다.

⑩ 일이 생각대로 잘 안 풀리면 쉽게 포기하는 편이다.

⑪ 평소 경제적인 소비나 지출 규모에 대해 별다른 계획 없이 지낸다.

⑫ 미리 계획을 세우기보다는 즉흥적으로 일을 처리하는 편이다.

⑬ 문제가 생기면 여러 가지 가능한 해결 방안에 대해 먼저 생각한 후에 해결하려고 노력한다.

⑭ 어려운 일이 생기면 그 원인이 무엇인지 신중하게 생각한 후에 그 문제를 해결하려고 노력한다.

⑮ 나는 대부분의 상황에서 문제의 원인을 잘 알고 있다고 믿는다.

⑯ 나는 사건이나 상황을 잘 파악하지 못한다는 이야기를 종종 듣는다.

⑰ 문제가 생기면 나는 성급하게 결론을 내린다는 이야기를 종종 듣는다.

⑱ 어려운 일이 생기면, 그 원인을 완전히 이해하지 못했다 하더라도 일단 빨리 해결하는 것이 좋다고 생각한다.

⑲ 나는 분위기나 대화 상대에 따라 대화를 잘 이끌어 갈 수 있다.

⑳ 나는 재치 있는 농담을 잘한다.

㉑ 나는 내가 표현하고자 하는 바에 대한 적절한 문구나 단어를 잘 찾아낸다.
㉒ 나는 윗사람과 대화하는 것이 부담스럽다.
㉓ 나는 대화중에 다른 생각을 하느라 대화 내용을 놓칠 때가 종종 있다.
㉔ 대화를 할 때 하고 싶은 말을 다 하지 못하고 주저할 때가 종종 있다.
㉕ 사람들의 얼굴 표정을 보면 어떤 감정인지 알 수 있다.
㉖ 슬퍼하거나 화를 내거나 당황하는 사람을 보면 그들이 어떤 생각을 하는지 잘 알 수 있다.
㉗ 동료가 화를 낼 경우 나는 그 이유를 꽤 잘 아는 편이다.
㉘ 나는 사람들의 행동 방식을 때로 이해하기 힘들다.
㉙ 친한 친구가 애인 혹은 배우자로부터 "당신은 나를 이해 못해"라는 말을 종종 듣는다.
㉚ 동료와 친구들은 내가 자기 말을 잘 듣지 않는다고 한다.
㉛ 나는 내 주변 사람들로부터 사랑과 관심을 받고 있다.
㉜ 나는 내 친구들을 정말로 좋아한다.
㉝ 내 주변 사람들은 내 기분을 잘 이해한다.
㉞ 서로 도움을 주고받는 친구가 별로 없는 편이다.
㉟ 나와 정기적으로 만나는 사람들은 대부분 나를 싫어하게 된다.
㊱ 서로 마음을 터놓고 얘기할 수 있는 친구가 거의 없다.
㊲ 열심히 일하면 언제나 보답이 있으리라고 생각한다.
㊳ 맞든 아니든, "아무리 어려운 문제라도 나는 해결할 수 있다"고 믿는 것이 좋다고 생각한다.
㊴ 어려운 상황이 닥쳐도 나는 모든 일이 다 잘 해결될 거라고 확신한다.
㊵ 내가 어떤 일을 마치고 나면, 주변 사람들이 부정적인 평가를 할까봐 걱정한다.
㊶ 나에게 일어나는 대부분의 문제들은 나로서는 어쩔 수 없는 상황에 의해 발생한다고 믿는다.
㊷ 누가 나의 미래에 대해 물어보면, 성공한 나의 모습을 상상하기 힘들다.
㊸ 내 삶은 내가 생각하는 이상적인 삶에 가깝다.
㊹ 내 인생의 여러 가지 조건들은 만족스럽다.
㊺ 나는 내 삶에 만족한다.
㊻ 나는 내 삶에서 중요하다고 생각한 것들은 다 갖고 있다.
㊼ 나는 다시 태어나도 나의 현재 삶을 다시 살고 싶다.
㊽ 나는 다양한 종류의 많은 사람들에게 고마움을 느낀다.
㊾ 내가 고맙게 여기는 것들을 모두 적는다면, 아주 긴 목록이 될 것이다.

⑩ 나이가 들어갈수록 내 삶의 일부가 된 사람, 사건, 생활에 대해 감사하는 마음이 더 커져 간다.

⑪ 나는 감사해야 할 것이 별로 없다.

⑫ 세상을 둘러볼 때, 내가 고마워할 것은 별로 없다.

⑬ 사람이나 일에 대한 고마움을 한참 시간이 지난 후에야 겨우 느낀다.

채점 및 점수 해석 방법

4, 5, 6, 10, 11, 12, 16, 17, 18, 22, 23, 24, 28, 29, 30, 34, 35, 36, 40, 41, 42, 51, 52, 53번 문항에 대해서는 6에서 자신의 점수를 빼고 계산한다. 예컨대 1이라고 적었으면 5점, 3은 3점, 5는 1점.

① 역경을 통해 자아를 단련하고 효율적 자기발전의 기회로 전환하는 회복탄력성은 숱한 좌절과 고뇌에 직면해야 하는 현대인에게 어떤 것과도 바꿀 수 없는 소중한 자산이다. 여기에서 탄력적 자기관리는 그에 상응하는 정신적 성장을 동반하게 되는데 이는 곧 효과적으로 치유가 이루어지고 있음을 의미한다.

② 체계적이고 반복적인 훈련을 통해 정신력을 강화하는 것은 치유와 같은 맥락의 기법이다. 회복탄력성은 치유의 핵심 분야 중 하나로 해석될 수 있는 효과적 자기관리 (마음관리) 기술이다.

③ 마음의 상처는 부정적이고 피동적인 방향으로 환자의 행동반경을 위축시킨다. 그러기에 긍정적이고 적극적인 사고방식은 정신의 건강을 상징하는 지표로 치유의 핵심적 목표 중 하나이다. 밝고 긍정적인 사고를 확장해 무의식의 음지에 잠재해 있는 상처의 음습한 기억들을 지워냄으로써 우리는 명징한 치유를 이룰 수 있게 된다.

④ 자기조절능력은 돌출하는 감정이나 충동을 효과적으로 억제함으로써 배양된다. 그러나 무리 없는 자기조절을 위해서는 먼저 돌발적 감정이나 충동의 동인에 대한 원인분석이 전제되어야 한다. 다시 말해 자신의 내면과의 대화부터 요구되는 것이다. 그것은 타인과의 원만한 소통을 위한 전초 작업이기도 하다. 치유는 자기조절능력을 기르고 원활한 대인관계를 이루기 위한 내면과의 일차적 소통을 그 초동적 과제로 삼는다.

note book

선택은 포기를 반드시 수반한다. 모든 것을 다 선택할 수는 없음에도 불구하고 선택하려고 하는 탓에 불행해진다. 내가 지금 오늘 이 시점에 있는 것도 나의 선택의 결과다. 지금 나를 괴롭히고 있는 것들 중에서 과감히 포기할 것은 무엇인지 정리해보자.

09 수필로 읽는 행복

⇨ 강의주제 : 평범하고 작은 것 속에서 누리는 행복의 가치

⇨ 수업목표	① 한 편의 글이나 문장 한 구절 속에서 행복의 요소를 찾아내기란 어렵지 않다. 누구든지 행복을 좋아하고 그것을 추구하기 때문이다. 그러나 행복의 진가에 대해서는 다양한 해석과 주장을 펴기 마련이다. 가족 간의 행복, 자연과의 교감 속에서 맛보는 행복, 일상 속에서 주체적으로 찾아 누리는 소소한 행복을 통해 진솔한 행복의 모습을 확인하고 그 공감대를 확장하고자 한다. ② 나름대로의 문체적 특색이 있는 3편의 산문을 통해 독해력과 문장력을 기른다.

눈물은 왜 짠가 – 함민복

• 작가 소개

1962년 충주 출생. 1988년 〈세계의 문학〉에 「성선설」로 등단하였다. 따뜻하고 지순한 감성으로 가난 속에 서민의 깃든 애환을 실감나고 밀도 깊게 그려냄으로써 독자들의 공감을 불러일으키는 것이 그의 시의 특징이다. 짧고 쉬운 시의 이면에 나름의 명징한 철학과 의미가 담겨 있어서 난해한 시가 주류를 이루는 풍토 속에서도 특유의 생명력을 유지한다. 시집으로 『우울씨의 일일』, 『자본주의 약속』, 『눈물을 자르는 눈꺼풀처럼』, 『모든 경계에는 꽃이 핀다』, 『말랑말랑한 힘』, 『당신 생각을 켜 놓은 채 잠이 듭니다』 등과 산문집 『눈물은 왜 짠가』, 『미안한 마음』이 있다. 박용래 문학상, 김수영 문학상, 오늘의 젊은 예술가상 등을 수상했다.

본문

주제 : 가족 간의 행복

눈물은 왜 짠가

지난여름이었습니다. 가세가 기울어 갈 곳이 없어진 어머니를 고향 이모님 댁에 모셔다 드릴 때의 일입니다. 어머니는 차 시간도 있고 하니까 요기를 하고 가자시며 고깃국을 먹으러 가자고 하셨습니다. 어머니는 한평생 중이염을 앓아 고기만 드시면 귀에서 고름이 나오곤 했습니다. 그런 어머니가 나를 위해 고깃국을 먹으러 가자고 하시는 마음을 읽자 어머니 이마의 주름살이 더 깊게 보였습니다. 설렁탕 집에 들어가 물수건으로 이마에 흐르는 땀을 닦았습니다. "더운 때일수록 고기를 먹어야 더위를 안 먹는다, 고기를 먹어야 하는데…… 고깃국물이라도 되게 먹어둬라." 설렁탕에 다대기를 풀어 한 댓 숟가락 국물을 떠먹었을 때였습니다. 어머니가 주인아저씨를 불렀습니다. 주인아저씨는 뭐 잘못된 게 있나 싶었던지 고개를 앞으로 빼고 의아해하며 다가왔습니다. 어머니는 설렁탕에 소금을 너무 많이 풀어 짜서 그런다며 국물을 더 달라고 했습니다. 주인아저씨는 흔쾌히 국물을 더 갖다 주었습니다. 어머니는 주인아저씨가 안 보고 있다 싶어지자 내 투가리에 국물을 부어주셨습니다. 나는 당황하여 주인아저씨를 흘금거리며 국물을 더 받았습니다. 주인아저씨는 넌지시 우리 모자의 행동을 보고 애써 시선을 외면해 주는 게 역력했습니다. 나는 국물을 그만 따르시라고 내 투가리로 어머니 투가리를 툭, 부딪쳤습니다. 순간 투가리가 부딪히며 내는 소리가 왜 그렇게 서럽게 들리던지 나는 울컥 치받치는 감정을 억제하려고 설렁탕에 만 밥과 깍두기를 마구 씹어 댔습니다. 그러자 주인아저씨는 우리 모자가 미안한 마음 안 느끼게 조심, 다가와 성냥갑만 한 깍두기 한 접시를 놓고 돌아서는 거였습니다. 일순, 나는 참고 있던 눈물을 찔끔 흘리고 말았습니다. 나는 얼른 이마에 흐른 땀을 훔쳐내려 눈물을 땀인 양 만들어 놓고 나서, 아주 천천히 물수건으로 눈동자에서 난 땀을 씻어 냈습니다. 그러면서 속으로 중얼거렸습니다. 눈물은 왜 짠가.

감상 포인트

「눈물은 왜 짠가」는 시와 산문의 경계가 모호한 글이다. 사용된 어휘나 문장의 맥락으로 보아서는 산문인데 그 전체적 짜임새나 느낌으로 보면 한 편의 산문시라고 해도 손색이 없다. 그래서 때로 시로 읽히는 오해를 낳기도 한다. 쉽고 짧지만 문장이 품고 있는 상징적 내포와 진술의 효과적 생략으로 정작 하고 싶은 말은 다하는 기교로 시종일관 하고 있다. 장면의 세심한 묘사만으로 절절한 진술이 녹아 흐르는 이 글에서 시인이 쓴 산문의 매력을 눈여겨보게 된다. 또한 사라져 가는 인정의 참맛을 되새기게 부추기는 것만으로 이 글은 제 몫을 다한다.

토론방향

① 이 글을 읽고 나서 느낀 진정한 행복은 어떤 것인가?
② 가난을 배경으로 맛볼 수 있는 행복의 가치에 대해 어떻게 생각하는가?
③ 이 글에서는 화자와 어머니, 그리고 식당 주인이 행복의 공동 생산자로 참여하고 있다. 일상생활 속에서 그런 행복을 누리기 위해 어떤 점이 요구되는가?
④ 뚝배기가 부딪치는 소리가 상징하는 궁극적 가치는 무엇인가?

생활의 발견 – 임어당

• 작가 소개

임어당은 1895년 중국 푸젠 성에서 출생, 1976년 사망하였다. 그리스도교 장로회 목사의 아들로 태어나 하버드대학교와 라이프치히대학교에 유학하고 귀국해 잡지를 간행하는 한편 저술에 몰두했다. 『북경호일』, 『생활의 발견』, 『폭풍 속의 나뭇잎』 등을 썼으며, 『중국 명작 단편집』을 비롯해 중국 역사와 철학에 관한 다수의 저서를 남겼다. 그의 많은 영문저서 중 첫 작품인 『내 나라 내 민족』은 세계 각국의 언어로 번역되어 중국에 관한 권위 있는 교과서로 읽혀졌다. 한편 순수문학을 주장한 그는 사회주의적 문학 참여를 주장하는 중국공산당 문학 비평가들과의 견해 차이로 자주 논쟁에 휩쓸리곤 했다. 말년에는 미국에서 중국 역사와 철학에 관한 책을 쓰는 한편 『중국 명작 단편집』 등 다수의 중국문학 작품을 영어로 번역하기도 했다. 그의 대표작으로 일컫는 『생활의 발견』은 세계적으로 널리 익힌 에세이집으로 자연과 일상생활 속에서 담백한 생의 의미와 가치를 발견하게 해준다.

본문

주제 : 자연 속에서의 행복

생활의 발견

행복이라는 것에 대해 말할 때, 추상적인 문제 속에 빠져들지 않도록 해야겠다. 그리고 진정 행복한 때란 어떤 것인가 하는 것을 우리들 스스로의 손으로 사실에 비추어 해부해 보는 것이 어떻겠는가. 이 세상에는 행복이라는 것은 소극적인 경우가 굉장히 많다. 다시 말해서 슬픔, 괴로움, 육체적인 고통이 전혀 없는 상태를 행복이라고 말하고 있다. 그러나 행복이라는 것은 적극적인 경우도 있을 수 있는 것이며, 그러한 경우에는 우리는 그러한 경우를 환희라고 부르고 있다. 이를테면 가령 내 경우라면 진짜 행복한 한때란 바로 다음과 같은 경우이다.

푹 잠을 자고 난 뒤 아침에 눈을 뜨고 새벽의 공기를 마시면 폐가 충분히 부푼다. 그러면 마음껏 깊이 숨을 들이쉬고 싶어 하는 가슴께의 피부나 근육에 유쾌한 운동의 감각이 일어난다. 따라서 일도 할 수 있겠다는 느낌이 드는 한때. 손에 파이프를 들고 의자 위에 길게 발을 뻗고 있노라면 담배 연기가 모락모락 피어 올라가는 그러한 한때. 여름 여행길에서 목이 타는데, 아름답고 깨끗한 샘물이 있어서 물이 솟아오르는 소리가 흐뭇하게 들려온다. 나는 신발도 양말도 벗어던진 채 펑펑 솟아오르는 그 차가운 물속에 발을 담근다. 이러한 한 때, 맛있는 음식을 배불리 먹은 다음 안락의자에 기대어 앉는다. 함께 있는 사람들은 모두 마음에 꼭 드는 친구들뿐이다. 두서도 없는 정담이 끝없이 경쾌하게 계속된다. 몸도 마음도 천하태평인 그러한 한 때. 어느 여름날 한낮이 겨워, 지평선을 바라보고 있노라면 검은 구름이 뭉게뭉게 피어오르는 것이 보인다. 15분쯤 지나면 초여름의 소나기가 틀림없이 퍼부을 것 같다. 비를 흠뻑 맞고 싶지만 우산도 받지 않은 채 빗속으로 나가는 것도 어쩐지 쑥스럽다. 그래서 얼른 밖으로 나가 들 한복판에서 소나기를 만난 것처럼 구실을 댄다. 이윽고 흠뻑 젖어서 돌아와 집안 식구들에게는 '허, 그만 비를 만났지, 뭐야' 하고 말하는 그 한때. 어린이들이 재잘거리는 것을 듣거나 그 통통하게 살찐 종아리를 볼 때면 도대체 나는 아이들을 육체적인 뜻에서 사랑하는 것인지, 정신적인 뜻에서 사랑하는지 그런 것을 분명하게 말할 수는 없다. 그와 마찬가지로 마음이 느끼는 기쁨과 육체가 맛보는 기쁨을 구별한다는 것은 도저히 불가능한 일이다.

감상 포인트

① 임어당의 글은 만연체다. 자기주장을 충분히 늘어놓으면서도 오만하거나 아는 체하는 독단이 느껴지지 않게 편히 읽히는 것이 임어당 글의 맛이다. 중국인 특유의 대륙적 여유가 심원한 자연과의 교감과 어울려 고즈넉한 미감과 안식을 주는 것 또한 그의 글의 힘이다.

② 다음은 그의 유명한 문장론이다.

> ㄱ. 문장기법(文章技法)에 지나치게 얽매이지 않게 하라.
>
> ㄴ. 소질 그 자체만 좋아진다면 수사나 문법 같은 점에 다소 졸렬한 점이 있더라도 전혀 문제가 안 된다.
>
> ㄷ. 작문교사가 문학을 말하는 건 목수가 미술을 말하는 거나 같다.
>
> ㄹ. 문장 기법이란 있을 수 없다.
>
> ㅁ. 우수한 작가는 분도 바르지 않고 직접 황제를 만나러 갈 수 있었던 양귀비의 동생과 같다.
>
> ㅂ. 풋내기는 늘 기법론(技法論)에 현혹된다.
>
> ㅅ. 문체(文體)는 언어. 사상. 인격의 합성물이다.
>
> ㅇ. 친근한 문체의 작가는 무장(武裝)을 안 한다.

토론방향

① 이 글은 행복은 멀리 있는 것이 아니라 가까이 있음을 말해 주고 있다. 가까이에서 찾을 수 있는 행복에는 어떤 것이 있는가?

② 행복은 손수 찾아서 느끼는 것이라고 한다. 적극적으로 행복을 찾아서 느끼고 있는가?

③ 자연이 제공하는 행복에 대해 어떻게 생각하는가?

④ 일상생활이 행복의 원천이라고 생각하는가?

⑤ 사소한 낭만이 주는 행복을 경험한 적은 있는가?

지란지교를 꿈꾸며 – 유안진

• 작가 소개

1941년 경북 안동 출생. 현대 문학 추천으로 등단했다. 여성 특유의 단아하고 정갈한 섬세함을 작품으로 승화시켜 왔으며, 여성의 삶과 자연의 섭리를 깊고 따뜻하게 응시하는 시는 많은 독자들의 공감을 불러일으키고 있다. 시집에 『달하』, 『절망 시편』, 『봄비 한 주머니』, 『다보탑을 줍다』, 『알고』 등이 있으며, 수필집으로 『지란지교를 꿈꾸며』, 『우리를 영원케 하는 것들』, 『엉뚱하게 살아보기』 등이 있다. 소월문학상 특별상, 정지용 문학상 등을 수상하였고 현재 서울대학교 명예교수이다.

본문

주제 : 벗과 함께 하는 행복

지란지교를 꿈꾸며

저녁을 먹고 나면 허물없이 찾아가
차 한 잔을 마시고 싶다고 말할 수 있는
친구가 있었으면 좋겠다.

입은 옷을 갈아입지 않고
김치 냄새가 좀 나더라도 흉보지 않을 친구가
우리 집 가까이에 있었으면 좋겠다.
비오는 오후나, 눈 내리는 밤에도
고무신을 끌고 찾아가도 좋을 친구
밤늦도록 공허한 마음도 마음 놓고 보일 수 있고
악의 없이 남의 이야기를 주고받고 나서도
말이 날까 걱정되지 않을 친구가…

사람이 자기 아내나 남편, 형제나 자식하고만
사랑을 나눈다면 어찌 행복해질 수 있으랴.
영원이 없을수록 영원을 꿈꿀수록
서로 돕는 영원한 친구가 필요하리라.

그가 여성이어도 좋고 남성이라도 좋다
나보다 나이가 많아도 좋고 동갑이거나 적어도 좋다
다만 그의 인품이 강물처럼 조용하고 은은하며
깊고 신선하며 친구와 인생을 소중히 여길 만큼
성숙한 사람이면 된다.

나는 반드시 잘 생길 필요가 없고
수수하거나 멋을 알고 중후한 몸가짐을 할 수 있으면 된다.
때로 약간의 변덕과 신경질을 부려도
그것이 애교로 통할 수 있는 정도면 괜찮고
나의 변덕과 괜한 흥분에도
적절히 맞장구 쳐주고 나서
얼마의 시간이 흘러 내가 평온해지거든
부드럽고 세련된 표현으로 충고를 아끼지 않았으면 좋겠다.

우리는 흰 눈 속 참대 같은 기상을 지녔으나
들꽃처럼 나약할 수 있고
아첨 같은 양보는 싫어하지만
이따금 밑지며 사는 아량도 갖기를 바란다.

우리는 명성과 권세, 재력을 중시하지도
부러워하지도 경멸 하지도 않을 것이며
그보다는 자기답게 사는 데
더 매력을 느끼려 애 쓸 것이다.

우리가 항상 지혜롭진 못하더라도
자기의 곤란을 벗어나기 위해
비록 진실일지라도 타인을 팔지 않을 것이며
오해를 받더라도 묵묵할 수 있는 어리석음과
배짱을 지니기를 바란다.

우리의 외모가 아름답진 않다 해도
우리의 향기만은 아름답게 지니리라.
우리는 시기하는 마음 없이 남의 성공을 예기하며
경쟁하지 않고 자기 하고 싶은 일을 하되
미친 듯이 몰두하게 되길 바란다.

우리는 우정과 애정을 소중히 여기되
목숨을 거는 만용은 피할 것이다.
그래서 우리의 우정은 애정과도 같으며
우리의 애정 또한 우정과도 같아서
요란한 빛깔과 시끄러운 소리도 피할 것이다.

우리는 천년을 늙어도
항상 가락을 지니는 오동나무처럼
일생을 춥게 살아도 향기를 팔지 않은 매화처럼
자유로운 제 모습을 잃지 않고
살고자 애쓰며 서로 격려하리라.

나는 반닫이를 닦다가 그를 생각할 것이며
화초에 물을 주다가, 안개 낀 창문을 열다가
까닭 없이 현기증을 느끼다가
문득 그가 보고 싶어지면
그도 그럴 때 나를 찾을 것이다.

그리하여 우리는 우리의 손이 작고 어리어도
서로를 버티어 주는 기둥이 될 것이며
눈빛이 흐리고 시력이 어두워질수록
서로를 설펴주는 불빛이 되어 주리라.

그러다 어느 날이 홀연히 오더라도 축복처럼
웨딩드레스처럼 수의를 입게 되리니
같은 날 또는 다른 날이라도 세월이 흐르거든
묻힌 자리에서 더 고운 품종의 지란이
돋아 피어, 맑고 높은 향기로 다시 만나지리라.

감상 포인트

지란지교는 지초와 난초처럼 맑고도 품격 높은 우정을 뜻하는 고사성어다. 이 글은 수필집에 실려 있으니 산문이 맞지만 시로 착각되기도 할 만큼 시적 율동이 밑바닥을 흐르고 있다. 주제에 걸맞게 친구와의 우정을 논한 글인데 주로 작가가 원하는 친구에 대한 희망사항을 모아 놓고 있다. 그 친구는 속맘을 털어놓을 수 있고 함께 남의 흉을 봐도 비밀이 지켜질 만큼 편한 친구면서도, "눈빛이 흐리고 시력이 어두워질수록 서로를 설펴주는 불빛"이 될 만큼 가깝고 소중한 존재다. 여성이든 남성이든, 나이가 많든 적든 상관없지만 "인품이 강물처럼 조용하고 은은하고 깊고 신선하며 친구와 인생을 소중히 여길 만큼 성숙한 사람"이어야 한다는 조건은 자신도 그만한 경지에 머물겠다는 의지의 다짐이기도 하다. 함께 일상의 행복을 누리며 고매한 인격을 추구할 그런 친구가 흔하지는 않겠지만 생에 있어서 그런 친구야 말로 축복받은 행복의 요소일 것이다.

토론방향

① 친구의 진정한 의미와 가치는 무엇인가?
② 가장 친한 친구는 어떤 사람인가 ?
③ 친구를 위해 어떻게 배려하고 있는가?
④ 가까우면서도 서로 존중하는 친구는 있는가?

① 행복은 인간 누구나의 목표이자 소망이다. 행복만큼 동서고금의 만인에게 그 가치와 욕구가 일치하는 단어는 없다. 우리는 행복의 반대말은 불행이라고 정의하고 있다. 그 타성적 구도 속에서 '불행'이란 단어를 지우고 거기에 '자신'이란 단어를 대입해 보자. 돌이켜 보면 불행의 요인은 행복하지 않다고 생각하는 자신에게 있음을 깨달을 수 있다. 그리고 그 동인은 자신의 내면세계에 도사리고 있다. 그 잘못된 자신을 바로잡는 것이 치유이다. 자신은 행복의 주체이면서도 행복을 파괴하는 주범이기도 한 것이다.

② 사랑은 대상과 함께 이루어 가지만 행복은 혼자만으로도 가능하다. 공상이나 상상의 세계에서도 행복할 수 있다. 추억을 회상하면서도, 독서를 통해서도 행복은 무한히 증폭된다. 상대나 세상에 전혀 누를 끼치지 않으면서도 행복은 얼마든지 가능하다. 이웃과의 비교는 혼자만의 행복을 파괴하는 출발점이다. 그 이웃이 자연일 때는 오히려 행복을 키울 수 있지만 사람일 경우 혼자만의 행복 전선에 문제가 발생하기 쉽다. 현대사회처럼 치열한 경쟁구도 속에서는 이웃은 경쟁의 대상일 뿐 아니라 비교의 대상으로 작용함으로써 불행의 현대적 요인인 소외와 스트레스, 열패감(劣敗感)을 부추기기 때문이다. 치유는 '혼자만의 행복'을 되찾는 작업이기도 하다.

③ 함민복은 국밥 한 그릇을 앞에 두고 어머니와 눈물처럼 뜨거운 행복을 나눈다. 임어당의 '행복론'에서도 보듯이 행복은 행복감과 동의어이다. 유안진은 참다운 우정을 통한 행복에의 소망을 이야기하고 있다. 행복은 자신이 행복하다고 느낄 때 비로소 자기 것이 된다. 남들이 무심코 지나치는 소소한 일상의 사물이나 사건 중에서도 나름의 행복감을 찾을 수 있다. 행복감을 느끼는 강도가 크고 그 영역이 넓고 깊을수록 행복지수는 증가한다. 따라서 무수한 행복의 소재들을

외면한 채 불행을 호소하는 경우는 행복을 누릴 자격이 없는 것이다. 치유는 마음속의 상처, 즉 불행을 녹이거나 씻어내고 행복지수를 높여가는 것이다.

note book

사람의 의사는 말과 글과 행동으로 나타낸다. 말은 생각을 앞서기 쉽고 행동도 생각과 다르게 실수를 저지르기 쉽다. 하지만 글은 생각을 바탕으로 한번 걸러진 후에야 모습을 드러낸다. 내가 나에게 심사숙고를 거친 글을 한번 써보도록 하자.

10 『가족의 발견』 | 최광현

⇨ 강의주제 : 나와 가족의 새로운 발견

⇨ 수업목표	가정은 평생의 요람이며 최후의 피난처로도 불린다. 사회가 공동의 과제를 추구하기 위한 목적으로 구성된 인위적 집단인 반면 가정은 불가분의 혈연으로 이루어진 자연적 결합체이다. 또한 학교교육이 한정적임에 반해 인격 형성의 모태인 가정교육은 무한적이다. 그러기에 가정의 중요성은 아무리 강조해도 부족하다. 정신건강의 토양을 이루는 가정은 가족 간의 끈끈한 연대를 통해 운영된다. 그러나 그 과정에서 보이지 않는 상처가 발생하게 되고, 그 상처를 공유하고 투사하는 악순환을 반복하기 쉽다. 사랑이 오히려 독이 되는 심리적 불행이 가정이라는 온상 안에서 잠재적 복병으로 암약하고 있는 것을 종종 살펴볼 수 있는 것이다. 그 내재적 고통을 해소하고 예방하기 위해서는 가족 간의 유기적 이해와 배려도 중요하지만 서로의 처지를 객관적으로 들여다보고, 소통하며, 나부터 주체적으로 적극적 변화를 추구함으로써 공동운명체적 공감대를 확장하는 열린 자세가 요구된다. 따라서 복잡한 현대 사회 구조 속에서의 가족의 역할과 의미를 새롭게 되새겨 봄으로써 인격을 가다듬고 행복의 재창출을 능동적으로 도모하고자 한다.

1) 저자 소개

연세대학교 대학원 졸업, 독일 본 대학에서 가족상담학 박사학위를 받았다. 독일 본 대학병원 임상상담사와 루트 가족치료센터 가족치료사로 활동한 후 귀국, 한세대학교 상담대학원 가족상담학과 주임교수이며 트라우마 가족치료 연구소장으로 근무하고 있다. 저서로는 『가족의 두 얼굴』, 『나는 남자를 버리고 싶다』, 『가족세우기 치료』, 『인형 치료』가 있다.

2) 이 책의 가치와 의미

가족은 사회의 기초 단위이자 외부와 격리된 특수사회이기도 하다. 따라서 가족만의 특별한 정서와 질서, 의무감이 자연스럽게 공동체 의식을 형성한다. 그러나 그 이면에는 억압과 불만, 상처가 습관적으로 내재되어 있을 수 있다. 그것은 심각한 신경증의 요인으로 심화되는가 하면 일련의 가정 폭력으로 발전하기도 한다.

이 책의 저자는 심리학을 전공한 만큼 가족의 문제를 정신분석학적 시각에서 다루고 있다. 일반인이 이해하기 쉽게 풀어 쓴 다수의 심리학 저서와 크게 다르지 않다. 그런데도 저자 특유의 설득력 있는 설명이 독자들의 시선을 끌며 공감대를 확산한다.

건전한 가정은 건강한 사회를 이루는 바탕임과 동시에 건강한 자아를 형성하는 인격의 모태이다. 한편 사회생활은 가정을 지키기 위한 수단으로써 작용한다고 볼 수 있다. 그러기에 가정은 상당부분의 행불행을 좌우하며 그 원인이 되기도 하다. 저자는 그런 가정의 가치와 중요성을 가족 간의 자연스러운 유대 속에서 찾는다. 그리고 부자연스런 가족 간의 갈등과 마찰, 폭력성, 다시 말해 미처 알지 못하고 저질러 온, 작은 것 같지만 심각한 정신적 문제들에 대해 가족들의 세심한 주의를 환기시키며 그 해결을 위한 공동의 노력을 주문한다.

가족 간에는 치유되지 못하고 내면에 억제된 상처를 서로에게 무심코 전가하기 쉬운 내성을 가지고 있다. 따라서 그 폐해를 미연에 방지하거나 해소하기 위해서는 잠재해 있는 상처의 정체와 후유증에 대한 가족 간의 이해와 공감이 절실하다는 것이 저자가 반복해서 강조하는 부분이다. 험난한 사회에 있어서 최후의 피난처인 가족의 새로운 발견을 통해 참다운 일상의 행복을 되찾자는 저자의 주장은 신경증적 내상이 날로 심각해지는 현대인의 정신세계를 치유할 대안적 메시지로 읽힌다.

3) 핵심 톺아보기

① 가족은 가장 가까운 자신이자 가장 먼 남일 수 있다. 나는 전자인가 후자인가?

② 가족끼리의 연대처럼 끈끈한 사이는 없다. 그러나 그것이 때로 보이지 않는 상처의 요인이 되기도 한다. 나는 현재 가족에게 어떤 존재인가?

③ 가까운 사이일수록 신뢰 못지않게 존중이 중요하다. 혹시 가족이라는 이름으로 너무 쉽게 대하지는 않는가?

④ 가족은 주관적인 판단이 주요 정서를 이룬다. 가족을 객관적 시각으로 보려고 노력하는가?

⑤ 가족을 향한 대가를 바라지 않는 헌신은 일방적인 희생으로 그치기 쉽다. 그리고 그것이 심각한 상처로 쌓일 수 있다. 상대가 마땅히 누려야 할 권리를 가족이라는 이름으로 침해하지는 않는지 살펴보자.

4) 독서토론 예시문

Part 1

교수 · 학습활동

주제 : 내 삶의 주인은 누구인가?

요점 :
① 착한 사람은 착한 아이로 태어난 것이 아니라 가정에서 착한 아이로 길들여진 경우가 많다.
② 부모의 바람에 적응하기 위해 가짜 '나'가 만들어 지게 된다.
③ 길들여진 착한 사람은 지나치게 타인의 시선을 의식하고 타인의 평가를 삶의 가치기준으로 삼기에 진정한 자신의 삶을 누리지 못한다. 그리고 그것이 '상처'나 '그림자'로 내면화 된다.
④ 그림자는 불쾌하고 수치스럽고 받아들이기 어려운 부분이 자아의 어두운 영역에 잠재되어 자아와의 불화를 통해 자신을 괴롭히고 인격의 장애요소로 작용하는 것을 이른다. 그러기에 자아의 기능을 너무 확장하지 말고 그림자의 균형을 적절히 유지하는 자기관리가 필요하다.

요점 : ⑤ 억압된 분노는 사라지지 않고 무의식의 저변에 자리 잡은 채 자신을 괴롭히는 독이 된다. 따라서 분노는 그때그때 적당히 해소하는 것이 바람직하다. 자신의 감정을 솔직히 표현하는 것이 정신건강에 좋은 것이다.

⑥ 마음에 병을 가진 사람의 공통점은 무기력이다. 그리고 그것은 불안으로 발전한다. 무기력은 대부분 주도권의 상실에서 비롯된다. 주도권은 주체적인 자아실현 욕구로, 가족끼리도 특히 부부간에 주도권을 차지하려는 경향이 알게 모르게 크고 작은 갈등으로 작용한다.

⑦ 상처 없는 사람은 없다. 문제는 그 상처를 어떻게 극복해 건전한 자아를 이루느냐에 있다. 개개의 상처는 가족에게 공통의 문제로 작용하며 전염된다.

⑧ 가슴이 답답하고 괴롭고 심란할 때 어느 정도 거리를 두고 차분히 객관적으로 전체를 바라보다 보면 복잡한 생각들이 단순해지고 새로운 해결책이 떠오르기도 한다.

본문

오랫동안 상담을 하면서 나를 찾아오는 사람들 대다수가 상담실이 아닌 사회에서 만났다면 호감을 주거나 적어도 불편하지는 않을 사람들이라는 사실에 의문을 갖게 되었다. 왜 착한 사람들이 상담실에 차고 넘칠까? 착하게 살아왔는데 왜 삶의 만족과 행복은 멀리 있을까?

진짜 '나'가 된다는 것은 스스로를 독립적이고 자율적인 한 사람으로 받아들이고 자기의 목소리와 생각을 존중하는 것이다. 자녀가 부모로부터 분리되어 다른 사람과의 관계에서 자율성을 잃지 않고 정서적으로 친밀감을 표현할 수 있는 것을 말한다. 이런 사람은 복잡한 가족관계에서 객관적으로 서 있을 수 있고 가족 문제에 쉽게 휘말리지 않는다.

자아와 그림자는 일종의 시소게임을 한다. 시소의 한 쪽 끝이 지나치게 한 쪽으로 내려가면 그 반대쪽으로 균형을 맞추어야 한다. 심리적 균형이 깨어져 한 쪽으로 급하게 기울어진 상태를 의학적으로는 신경쇠약, 정신이상이라고 말한다.

듀크 로빈슨은 그의 책 <내 인생을 힘들게 하는 좋은 사람 콤플렉스>에서 "착한 사람들은 자신들이 왜곡된 사고의 틀에 길들여져 있다는 사실을 깨달아야 한다."고 말한다. 더 이상 착하기만 해서는 안 되는 현실을 받아들이라는 뜻이다. 그렇지만 착한 사마리아인들의 삶의 방식에 대한 듀크의 지적은 우리의 마음을 씁쓸하게 한다. 남을 좋아하고 신뢰하는 우리의 본성은 세상 모든 사회 조직의 밑바탕이 되며 사회를 움직이는 힘이 된다. 또한 타인을 배려하고 남을 위해 기꺼이 불이익을 감수하는 태도는 무한경쟁사회에서 균형을 유지하게 하는 원동력이 된다.

늘 반복되는 듯한 그렇지만 안정적인 평범한 일상은 거저 얻은 것이 아니다. 수많은 긴장과 갈등 상황을 겪어내고 부지런히 산 결과로 얻은 것이다. 그럼에도 우리는 극심한 권태와 함께 일탈에 대한 욕구를 강하게 받는다. 이러한 일탈 욕구는 중년기에 이르러 최고조에 이른다. 지금의 평온한 일상을 얻기까지 수없이 많은 것을 희생했기에, 내면의 그림자는 시소의 균형을 유지하기 위해 더욱 일탈을 갈망한다. 그리고 그것은 지루함이라는 감정을 통해 시작된다. 어느 정도 안정적인 삶을 살아가게 되었을 때 찾아오는 복병, 그것이 권태이다.

수족관에 갇혀있는 돌고래를 보았어요. 대양을 헤엄치던 돌고래가 자유를 잃고 좁은 수족관에 갇혀있는 모습을 보면서 나와 처지가 비슷하다는 생각을 했어요.

분노는 불안, 우울증, 위통, 여드름, 알레르기 같은 증상들을 유발한다. 분노를 자신의 내면 깊숙이 억눌러 둔 사람은 이를 느끼고 적당히 표출해야 하지만 분노가 허용되지 않는 환경 속에서는 분노를 오히려 더 깊은 곳으로 가져간다.

가족이 의사소통에 서툴고 미숙한 태도를 갖고 있으면 가족 구성원은 감정을 지나치게 억압하고 표출하지 못해 분노가 쌓이게 된다. 즉 분노를 일으키는 상황 자체보다 그것을 표현하지 못하는 데서 문제가 생긴다는 것이다.

관계의 문제는 상대방이 주도권을 쥐고 있는 것 같지만 알고 보면 자기가 주도권을 쥐고 있고 자기의 문제인 경우가 많다. 해결의 열쇠를 상대방이 쥐고 있다고 생각하면 우리는 답답함과 조급함, 때로 절망마저 느끼게 된다. 하지만 열쇠가 자신에게 있다는 것을 알게 되면 부담이 훨씬 덜해진다. 우리 인간은 삶 속에서 겪는 문제와 갈등 그 자체보다는 해결을 위한 주도권이 자신에게 없다는 사실에 더 무기력을 느끼기 때문이다.

수치심은 어린 시절 세상과 사람에 대한 신뢰감보다는 불신감이 더 강해져서 발생하는 것으로 가족, 부모와 신뢰관계를 형성하지 못한 사람들에게서 발생한다. (에릭 에릭슨)

토론방향 : 나는 자신이며 가족의 일원이다. 생에 있어서 나와 가족의 아름다운 조화는 이상적인 경지이다. 그런데 주체적 자아를 통해 가족과의 조화를 이룰 수 있을까? 그때 주체적 자아는 어떤 모습이어야 하는가?

Part 2

교수 · 학습활동

주제 : 가족끼리의 상처

요점 :
① 가족 문제는 여러 가지가 복합적으로 엉키고 쌓여서 잠재적으로 증폭된다.
② 누구든지 사고나 행동에는 일정한 패턴이 있듯이 가정에도 나름의 패턴이 있으며 이를 무의식적으로 공유하게 된다.
③ 각 배우자는 새로운 보금자리에 자신의 이전 세대와 환경 속에서 배우고 익힌 문화와 전통을 혼수처럼 가지고 온다.
④ 자신의 내면에 무기력이 잠재되어 있는 사람은 그 열패감을 숨기고, 가족에게 폭력과 폭언, 통제와 간섭을 되풀이함으로써 가족 간의 소통을 방해하고 자신의 상처를 가족에게 투사하며 그 공유를 강요한다.
⑤ 자신의 현재에, 선대 가족의 불행이 원인적으로 반복되는 유사성을 발견하여 그 잘못된 점을 새로이 인식함으로써 세습적 불행의 늪에서 해방될 수 있다.

요점 : ⑥ 공감을 불러일으키는 따뜻한 말 한 마디가 상처를 치유하는 최고의 명약일 수 있다. 다만 필요한 시기에 진정성에서 우러난 위로나 조언이어야 한다.
⑦ 트라우마를 지닌 사람들은 자기중심적 사고의 희생자들이다. 그들은 씻어지지 않는 불신감을 바탕으로 세상을 왜곡된 시각으로 바라보기에 상대가 적대적이고 위험하게 보인다.
⑧ 대개의 사람들은 과거에 얽매여 살며, 또한 닥치지도 않은 미래를 확대해 걱정함으로써 정작 가장 소중한 현재의 삶을 놓친다.

본문

행복한 가정은 모두 엇비슷하고 불행한 가족은 불행의 이유가 제각기 다르다.

(레프 톨스토이)

가족관계, 부부관계의 어려움은 개개인의 성격과 마음이 서로 맞지 않아서, 조금 더 참지 않아서, 어느 누군가의 성격이 나빠서 발생하는 것이 아니라 일정한 패턴에 따라 고통스러운 결혼생활을 반복하고 있는 것을 보여 줄 뿐이다.

가족 문제에서는 현재의 문제가 과거의 문제의 연속이거나 반복임을 알게 되는 경우가 빈번하다.

가족 안에서 건강한 아버지 역할을 못하는 사람들은 크게 두 가지 유형으로 나뉜다. 가족을 지나치게 간섭하고 통제하는 아버지와 가족에게 무관심하고 무신경하고 방관하는 아버지가 그것이다. 돈만 벌어오는 아버지는 방관하는 아버지가 될 가능성이 높고, 무기력한 아버지는 통제하고 간섭하는 아버지가 될 수 있으며, 중독을 가진 아버지는 양쪽 모두가 될 수 있다.

아버지는 세상이라는 거친 링에서 치명적인 부상을 당해 갈비뼈가 부러져도 그 사실을 모른 채 싸운다. 그렇게 열심히 살았으면 모든 것이 잘되고 행복해야 하는데 꼭 그렇지만도 않다. 때로는 마음의 치명적인 부상이 그의 인생과 사랑하는 사람들에게 큰 상처가 된다.

우리는 자신과 전혀 다른 사람보다 별로 차이가 없는 사람에게서 더 큰 분노와 실망을 느낀다. 한 마디로 성격차이란 성격이 달라서가 아니라 너무 비슷하기 때문에 생긴다.

성인이 되어서도 여전히 자기중심적으로 주변과 세상을 보는 사람들이 있다. 이런 사람들이 고통스러운 삶을 살고 있는 이유는 어린 시절의 자기중심적인 시각을 건강하게 성장시키지 못한 데 있다. 어린 시절에 학대를 받은 사람은 그에 대한 기억과 생각으로 고통을 받는다. 그를 괴롭히는 학대의 환경이 더 이상 존재하지 않는데도 그에 대한 생각들로 아침부터 밤까지 내내 고통을 당한다.

만성적 불안을 가진 부모는 서로에게 또는 자녀에게 집착하고 불안한 감정을 투사한다. 또 자녀를 과보호하고 지나치게 통제할 뿐 아니라 부모와 같은 불안의 수준을 갖도록 강요한다.

토론방향 : 자연스럽게 동고동락이 이루어지는 가족은 상처조차도 공유한다. 나의 상처보다 가족의 상처를 먼저 헤아리는가? 나의 상처가 곧 가족 전체의 상처라는 사실에 대해 진지하게 생각해 본 적은 있는가?

Part 3

교수 · 학습활동

주제 : 가족의 새로운 가치

요점 :
① 가족 간의 상처는 다양한 요인들이 복합적으로 꼬여 있어서 그 갈등의 실마리를 찾기 어렵다. 따라서 그 치유 또한 쉽지 않다. 그러기에 가장 가까운 사람이 나를 가장 힘들게 한다는 사실을 객관적으로 상대의 입장에서 헤아리는 배려가 필요하다.
② 한 가족의 정서는 미세하고 예민하게 서로 연결되어 있다. 그 파동은 동시에 전체적으로 미친다. 따라서 정서적 안정을 도모하는 것은 자신은 물론 가족을 위한 일차적 의무이다.

요점 : ③ "자녀는 부모가 왜곡하고 투사하는 것을 받아주는 그릇이다(가족치료사 웰런 와텔)."는 말처럼 문제를 안고 있는 자녀의 정서 상태나 그 행동반경은 가족 내부의 갈등이나 정서적 불안에 기인하는 경우가 많다.

④ 자녀들은 부모가 실현하지 못한 욕망을 은연중에 세습하여 대리 완성하려는 경향이 있다. 평소 미완성된 부모의 욕망이 강력한 투사의 에너지로 작용하여 무의식적으로 몸에 배기 때문이다.

⑤ 무의식적 모방은 가족 간 갈등의 요인으로 작용한다. 자신이 무기력이나 욕구불만을 투사한 결과가 자녀의 모방을 통해 부메랑이 되어 되돌아오기 때문이다.

⑥ 가정은 행복과 평안의 요람일 수 있지만 반대로 갈등과 투사의 지옥일 수도 있음을 늘 기억해야 한다. 가족이기에 무한히 허용될 것이라는 안일한 생각에서 잡다한 문제들을 해결하지 않고 쌓아가는 것은 무모한 짓이다.

⑦ 가족은 분업을 통해 공동의 목표를 유기적으로 실현해가는 협업체이다. 따라서 저마다의 위치와 역할에 대한 파악과 책임이 따라야 한다. 동시에 서로의 독립적 인격에 대한 존중과 배려가 수반되어야 한다.

⑧ 가족끼리의 상처는 확대재생산 되는 경우가 흔하다. 그것은 가족이라는 이름 때문에 야기되는 심각한 문제이다. 그러기에 객관적 시선, 활발한 소통을 통해 서로의 상처를 씻고, 상처의 소지를 미리 차단하는 노력이 필요하다.

본문

부모가 자녀에게 물려줄 수 있는 최고의 선물 중 하나는 부모의 그림자를 물려주지 않는 것이다. 그러나 부모가 넘겨주지 않으려고 의도적으로 애쓰는 것은 아무 소용없다. 부모의 그림자는 무의식적으로 전이되기 때문이다.

가족의 감정은 전염성이 강해서 누군가가 강한 불안감을 느끼고 있으면 그것은 가족 전체로 퍼져 나가고 결국 가족 전체가 불안해하게 된다.

감정과 생각 사이에 경계가 얇은 가족은 가족 모두가 가족 안에서 자신의 감정을 해소하려 하기 때문에 감정적으로 쉽게 흥분하고 분노하고 우울해 한다. 그러면서 서로에게 상처를 준다. 정과 생각 사이에 경계가 얇은 가족은 외부의 자극에 민감하게 반응하고 감정반사적인 행동을 하기 때문에 객관적으로 사고하지 못한다.

가족 중 누군가가 자기 자신을 발견하는 것만으로도 가족 안에서는 변화가 일어난다. 만약 가족 안에서 누군가의 변화가 받아들여지면 이것은 당사자의 변화에서 가족 전체의 변화로 이어지게 된다.

한 가족의 무의식 속에 자리한 비극적 사건의 상흔이 때로는 수백 년 넘게 지속된다. 이것은 후대 자손의 가족 안에서 질병, 사고, 혹은 자살 기도와 같은 것을 일으킬 수 있다.

(프랑스 심리학자 쉬첸배르제)

토론방향 : 사회가 삭막하고 각박할수록 가족의 중요도는 높아진다. 핵가족 사회에 있어서 진정한 가족의 의미와 가치는 무엇이라고 생각하는가? 너와 나보다도 우리라는 복수명사를 우선적으로 익혀온 가족이라는 이름 속에서 너와 나의 개별적 존재는 어떤 방식으로 인식되고 있는가?

Part 4

교수 · 학습활동

주제 : 공감의 확대와 공유

요점 : ① 가족끼리 가장 힘든 경우를 꼽으라면 말이 통하지 않을 때라고 할 것이다. 그만큼 가족일수록 대화가 필요하다. 유기적 연결성을 관건으로 유지되는 가정에 있어서 소통의 단절은 가정의 존립 자체를 불안하게 하는 걸림돌인 것이다. 대화의 기본은 상대에 대한 존중과 이해이다.

② 입장을 바꾸어 상대를 바라보는 습관은 가까운 가족으로부터 시작되어야 한다. 가족 간 소통의 문제는 상대적 입장에서 서로를 헤아릴

요점 : 때 비로소 해결될 수 있다.

③ 원만한 사회성을 갖추기 위해서는 어려서부터 상대와의 일체감을 자주 경험하게 함으로써 공감능력을 길러주어야 한다. 공감능력은 상대의 마음을 따뜻이 헤아려 주는 데서 얻어지는 행복지수의 척도이자 건강한 사회의 윤활유이다.

④ 가족체계에 있어서 문제는 수시로 발생할 수 있다. 한편 사소한 문제를 방치했을 때 그것이 심각한 위기로 확대될 수 있다는 사실에는 둔감하다. 문제의 해결을 위해서는 솔선수범하여 일구어내는 변화가 필요하다. 작은 변화라도 진심으로 키워 가다보면 상대의 공감을 얻게 된다. 가족 중 한 사람의 변화는 가족 전체의 변화로 확장될 수도 있는 기대 이상의 파급력을 지니고 있다.

⑤ 가족끼리는 아무리 소중한 것도 기꺼이 나눈다. 나를 바쳐 가족을 구하는 순교자적 희생도 자연스럽게 이루어진다. 가족문화의 전형적인 모습이다. 반면에 남이면 그냥 지나칠 만한 사건도 가족끼리는 하나같이 당사자의 문제로 대두된다. 사회활동에 있어서 소속감을 제대로 느끼지 못하거나 소외되는 사람들은 가족에게 상처를 입고 안정적 소속감을 누리지 못한 탓인 경우가 많다. 가정은 인격이나 사회적 적응력의 기초적 훈련을 관장하는 처소인 만큼 그에 상응한 정성과 노력을 상시적으로 기울여야 한다.

본문

인간관계 중에서 가장 큰 상처는 부모와 자식 사이에서 생겨난다. 자녀에게 괴로움이 되는 아버지의 말과 행동에는 비난, 무시, 손찌검 그리고 그중 제일은 대화의 단절로 인한 괴로움이다. 대화의 단절은 자녀로 하여금 부모에게서 공감을 얻을 수 있는 기회를 박탈한다. 그것은 곧 자녀에게 정신적 단절과 함께 인간관계의 좌절을 경험하게 한다. 심한 경우 아들은 감정의 발달이 멈출 수도 있다. 대개는 타인의 감정에 공감하는 능력이 떨어지고 사회적 관계를 형성하는데 어려움을 겪게 된다.

가족치료에서 무엇보다도 중요한 것은 공감이다. 가족이 서로의 입장에서 생각하고 이해하고 공감할 때, 서로의 허물을 덮어주고 용서하고 한 번 더 참고 살기로 마음먹게 된다. 공감의 한 마디, 공감의 눈빛, 공감어린 시선이 가득한 얼굴 표정이 깨어진 관계를 회복하고 비틀어진 의사소통에 변화를 가져오는 것이다.

가족을 변화시키는 데에는 아주 작은 변화만으로 가능하다. 마치 작은 눈덩어리가 굴러서 큰 눈덩어리가 되듯이 작은 변화가 점점 큰 변화로 화할 것이다.

(최면치료사 밀턴 에릭슨)

행복한 가정생활을 위해 부정적인 요소를 걷어내고 문제를 해결하려고 애쓰는 대신 긍정적인 생각, 긍정적인 행동을 촉진하여 부정적인 문제나 요소를 중화시킬 수 있다. 이때 필요한 최고의 행동은 감사이다.

가족의 문제와 갈등을 해결하고 가족을 좀 더 긍정적인 방향으로 변화시키기 위해서는 무엇보다 먼저 가족이 기존에 가지고 있던 이야기를 해체하고 새로운 이야기를 만들어 내는 작업이 필요하다.

(오스트레일리아 가족치료사 마이클 화이트)

가족은 우리의 마지막 피난처이다. 그렇기 때문에 가족에게서 버림받은 사람은 더 이상 갈 곳이 없다.

토론방향 : 가족은 일차적 공존의 대상이다. 그렇다면 나는 가족과 공감대의 증폭을 위해 어떤 노력을 하고 있는가?

① 가족은 최초이자 최소한의 사회이다. 나와 밀접한 관계를 공유하는 집단으로 일반사회와는 성격이나 배경이 다르다. 긴밀한 관계는 느슨한 긴장도만큼의 일상적 희생과 헌신이 자연스럽게 바탕을 이루고 있다. 그러나 그 흉허물 없는 자연스러움 속에는 자신도 모르게 은연중에 쌓인 일방적 횡포와 이기심이 잠재되어 있을 수 있다. 그것이 해소되지 않고 누적될 경우, 가정의 불행과 더불어 심각한 신경증적 요인으로 발전할 수 있다.

② 가정환경은 성격 형성에 있어서 심대한 영향을 미친다. 아울러 신경증의 요인적 배경을 이루는 만큼 세밀한 관심과 신중한 배려가 요구되는데도 간과하기 쉬운 맹점을 지니고 있다. 부모의 성격 중 장단점을 분석해 그 유전적 성향을 자신의 내면에서 탐색해 교정하는 작업은 어느 정신분석보다도 근본적인 자기 치유의 효시일 수 있다.

③ 배려와 관심은 가족의 일차적 요소다. 예로부터 효를 인륜의 근본으로 삼아 온 것은 효 속에는 자식에 대한 무한대의 사랑이 전제되어 있기 때문이다. 그러나 그 맹목적 사랑이 본의 아니게 자식의 인격을 침해하고 억압하는 인격적 장애 요소가 될 수 있음을 인식해야 한다. 치유의 대상인 신경증의 상당 부분은 유전적이거나 부모의 억압에 기인하기 때문이다.

④ 가족 사이에는 상호 주체적 인식과 대우가 필요하다. 그것은 공존적 주체로써의 상대방에 대한 인격적 존중을 의미한다. 따라서 객관적 관점에서 수시로 자신을 돌이켜보는 것은 가족에 대한 배려의 일환으로 심각한 갈등구조를 미연에 해소하는 치유적 예방 수단이다.

note book

가족의 근본은 나보다 가족을 위하는 이타성이다. 이것이 확장되어 사회도 발전한다. 그동안 가족관계에서 나는 이타적이었는지 배타적이었는지 한번 되돌아보도록 하자.

11 단편소설로 읽는 행복

우동 한 그릇 – 구리 료헤이

• 작가 소개

구리 료헤이(1954년 ~) 일본의 단편 소설가(동화). 일본의 홋카이도의 스기나와 시에서 태어난 구리 료헤이는 고등학생 시절에 안데르센의 동화를 일본어로 번역하는 일을 시작으로 구연동화의 창작활동을 시작했다고 한다. 이후에 병원에서 10년간을 근무하다가, 1989년에 발표한 단편 소설인 『우동 한 그릇』이 큰 성공을 거두면서 정식으로 소설가의 길을 걷게 되었다. 대표작으로 『우동 한 그릇』, 『삶에 희망을 주는 19가지 이야기』, 『희망을 안겨주는 삶 이야기』. 『베 짜는 공주』 등이 있다.

본문

주제 : 가난속에서도 얻을 수 있는 행복

우동 한 그릇

해마다 섣달 그믐날(12월 31일)이 되면 일본의 우동 집들은 일 년 중 가장 바쁩니다. 삿포로에 있는 우동집 <북해정>도 이 날은 아침부터 눈코 뜰 새 없이 바빴습니다. 이 날은 일 년 중 마지막 날이라서 그런지 밤이 깊어지면서, 집으로 돌아가는 사람들의 발걸음도 빨라졌습니다. 그러더니 10시가 지나자 손님도 뜸해졌습니다.

무뚝뚝한 성격의 우동 집 주인아저씨는 입을 꾹 다문 채 주방의 그릇을 정리하고 있었습니다. 그리고 남편과는 달리 상냥해서 손님들에게 인기가 많은 주인여자는 임시로 고용한 여종업원에게 특별 보너스와 국수가 담긴 상자를 선물로 주어 보내는 중이었습니다.

“요오코 양, 오늘 정말 수고 많이 했어요. 새해 복 많이 받아요.”

“네, 아주머니도 새해 복 많이 받으세요.”

요오코 양이 돌아간 뒤 주인여자는 한껏 기지개를 펴면서, “이제 두 시간도 안 되어 새해가 시작되겠구나. 정말 바쁜 한 해였어.” 하고 혼잣말을 하며 밖에 세워둔 간판을 거두기 위해 문 쪽으로 걸어갔습니다.

그때였습니다. 출입문이 드르륵하고 열리더니 두 명의 아이를 데리고 한 여자가 들어섰습니다. 여섯 살과 열 살 정도로 보이는 사내애들은 새로 산 듯한 옷을 입고 있었고, 여자는 낡고 오래된 체크무늬 반코트를 입고 있었습니다.

"어서 오세요!" 주인 여자는 늘 그런 것처럼 반갑게 손님을 맞이했습니다. 그렇지만 여자는 선뜻 안으로 들어오지 못하고 머뭇머뭇 말했습니다.

"저…… 우동…… 일인분만 시켜도 괜찮을까요?……"

뒤에서는 두 아이들이 걱정스러운 얼굴로 쳐다보고 있었습니다. 세 사람은 다 늦은 저녁에 우동 한 그릇 때문에 주인 내외를 귀찮게 하는 것은 아닌가 해서 조심스러웠던 것입니다. 하지만 그런 마음을 알아차렸는지 주인아주머니는 얼굴을 찡그리기는커녕 환한 얼굴로 이렇게 대답했습니다. "네…… 네. 자, 이쪽으로." 난로 바로 옆의 2번 식탁으로 안내하면서 주인 여자는 주방 안을 향해 소리쳤습니다. "여기, 우동 1인분이요!"

갑작스런 주문을 받은 주인아저씨는 그릇을 정리하다 말고 놀라서 잠깐 일행 세 사람에게 눈길을 보내다가 곧 이렇게 대답했습니다.

"네! 우동 1인분!" 그는 아내 모르게 1인분의 우동 한 덩어리와 거기에 반 덩어리를 더 넣어서 삶았습니다.

그는 세 사람의 행색을 보고 우동을 한 그릇밖에 시킬 수 없는 이유를 짐작할 수 있었던 것입니다. "자, 여기 우동 나왔습니다. 맛있게 드세요."가득 담긴 우동을 식탁 가운데 두고, 이마를 맞대며 오순도순 먹고 있는 세 사람의 이야기 소리가 계산대 있는 곳까지 들려왔습니다.

"국물이 따뜻하고 맛있네요." 형이 국물을 한 모금 마시며 말했습니다.

"엄마도 잡수세요."

동생은 젓가락으로 국수를 한 가닥 집어서 어머니의 입으로 가져갔습니다. 비록 한 그릇의 우동이지만 세 식구는 맛있게 나누어 먹었습니다. 이윽고 다 먹고 난 뒤 150엔(한화 약 1,500원)의 값을 지불하며, "맛있게 먹었습니다."라고 공손히 머리를 숙이고 나가는 세 사람에게 주인 내외는 목청을 돋워 인사를 했습니다. "고맙습니다. 새해 복 많이 받으세요."

그 후, 새해를 맞이했던 <북해정>은 변함없이 바쁜 날들 속에서 한 해를 보내고 다시 12월 31일을 맞이했습니다. 지난해 이상으로 몹시 바쁜 하루를 보내고 10시가 지나 가게 문을 닫으려고 하는데 드르륵 하고 문이 열리더니 두 명의 사내아이를 데리고 한 여자가 들어왔습니다.

주인 여자는 그 여자가 입고 있는 체크무늬의 반코트를 본 순간, 일 년 전 섣달 그믐날 문 닫기 직전에 와서 우동 한 그릇을 먹고 갔던 그 손님들이라는 걸 알았습니다. 여자는 그 날처럼 조심스럽고 예의바르게 말했습니다.

"저…… 우동…… 1인분입니다만…… 괜찮을까요?"

"물론입니다. 어서 이쪽으로 오세요." 주인 여자는 작년과 같이 2번 식탁으로 안내하면서 큰 소리로 외쳤습니다. "여기 우동 1인분이요!"

주방 안에서, 역시 세 사람을 알아 본 주인아저씨는 밖을 향하여 크게 외쳤습니다. "네엣! 우동 1인분!" 그러고 나서 막 꺼버린 가스레인지에 불을 붙였습니다. 물을 끓이고 있는데 주인 여자가 주방으로 들어와 남편에게 속삭였습니다.

"저 여보, 그냥 공짜로 3인분의 우동을 만들어 줍시다." 그 말에 남편이 고개를 저었습니다. "안돼요. 그렇게 하면 도리어 부담스러워서 다신 우리 집에 오지 못할 거요."

그러면서 남편은 지난해처럼 둥근 우동 하나 반을 넣어 삶았습니다. 그 모습을 지켜보고 있던 아내는 미소를 지으면서 다시 작은 소리로 말했습니다. "여보, 매일 무뚝뚝한 얼굴을 하고 있어서 인정도 없으려니 했는데 이렇게 좋은 면이 있었구려." 남편은 들은 척도 않고 입을 다문 채 삶아진 우동을 그릇에 담아 세 사람에게 가져다주었습니다.

식탁 위에 놓인 한 그릇의 우동을 둘러싸고 도란도란하는 세 사람의 이야기 소리가 주방 안의 두 부부에게 들려왔습니다. "아…… 맛있어요……" 동생이 우동 가락을 우물거리고 씹으며 말했습니다. "올해에도 이 가게의 우동을 먹게 되네요." 동생의 먹는 모습을 대견하게 바라보던 형이 말했습니다. "내년에도 먹을 수 있으면 좋으련만……" 어머니는 순식간에 비워진 우동 그릇과 대견스러운 두 아들을 번갈아 바라보며 입 속으로 중얼거렸습니다.

이번에도, 우동 값을 내고 나가는 세 사람의 뒷모습을 향해 주인 내외는 약속이라도 한 것처럼 큰 소리로 외쳤습니다.

"고맙습니다! 새해 복 많이 받으세요!"

그 말은, 그날 내내 되풀이한 인사였지만 주인 내외의 목소리는 어느 때보다도 크고 따뜻함을 담고 있었습니다.

다음 해의 섣달 그믐날 밤은 어느 해보다 더욱 장사가 잘 되는 중에 맞이하게 되었습니다. <북해정>의 주인 내외는 누가 먼저 입을 열지는 않았지만 밤 9시 반이 지날 무렵부터 안절부절 못하며 누군가를 기다리고 있었습니다. 10시가 지나자 종업원을 귀가시킨 주인아저씨는, 벽에 붙어 있던 메뉴를 차례차례 뒤집었습니다. 금년 여름부터 값을 올려 <우동 200엔>이라고 씌어져 있던 메뉴가 150엔으로 바뀌고 있었습니다. 2번 식탁 위에는 이미 30분 전부터 '예약석'이란 팻말이 놓여졌습니다.

이윽고 10시 반이 되자, 손님의 발길이 끊어지는 것을 기다리고 있기라도 한 것처럼 어머니와 두 아들, 그 세 사람이 들어왔습니다.

형은 중학생 교복, 동생은 작년에 형이 입고 있던 점퍼를 헐렁하게 입고 있었습니다. 두 형제 다 몰라볼 정도로 성장해 있었는데, 아이들의 엄마는 여전히 색이 바랜 체크무늬 반코트 차림 그대로였습니다.

"어서 오세요!"

역시 웃는 얼굴로 맞이하는 주인 여자에게 어머니는 조심스럽고 예의바르게 물었습니다.

"저…… 우동…… 2인분인데도…… 괜찮겠죠?"

"넷!…… 어서 어서 자, 이쪽으로……"

세 사람을 2번 식탁으로 안내하면서, 주인 여자는 거기 있던 <예약석>이란 팻말을 슬그머니 감추고 주방을 향해서 소리쳤습니다.

"여기 우동 2인분이요!"

그 말을 받아 주방 안에서 이미 국물을 끓이며 기다리고 있던 주인아저씨가 큰 소리로 외쳤습니다. "네! 우동 2인분, 금방 나갑니다!"

그는 끓는 국물에 이번에는 우동 세 덩어리를 던져 넣었습니다.

두 그릇의 우동을 함께 먹는 세 모자의 밝은 목소리가 들려 왔습니다. 그리고 세 사람은 어느 해보다도 활기가 있어 보였습니다. 그들에게 방해될까봐 조용히 주방 안에서 지켜보고 있던 주인 내외는 우연히 눈이 마주치자 서로에게 미소를 지으며 흐뭇한 표정을 지어 보였습니다. 평소에는 무뚝뚝하던 주인아저씨도 이 순간만큼은 기분 좋게 웃고 있었습니다. 세 사람의 대화는 계속되었습니다.

"시로도야, 그리고 준아!

오늘은 너희에게 엄마가 고맙다는 말을 하고 싶구나."

"……고맙다니요?…… 무슨 말씀이세요?" 형인 시로도가 물었습니다.

어머니의 말이 이어졌습니다.

"너희도 알다시피 돌아가신 아빠가 일으킨 사고로 여덟 명이나 되는 사람이 부상을 입었잖니? 일부는 보험금으로 보상해 줄 수 있었지만 보상비가 모자라 그만큼 빚을 얻어 지불하고 매월 그 빚을 나누어 갚아왔단다."

"네…… 알고 있어요." 형이 고개를 끄덕이며 대답했습니다.

주인 내외는 주방 안에서 꼼짝 않고 선 채로 계속해서 그들의 이야기에 귀를 기울였습니다.

"그 빚은 내년 3월이 되어야 다 갚을 수 있는데, 실은 오늘 전부 갚았단다." "네? 정말이에요 엄마?" 두 형제의 목소리가 커졌습니다.

"그래, 그동안 시로도는 아침저녁으로 신문 배달을 열심히 해 주었고, 쥰이는 장보기와 저녁 준비를 매일 해 준 덕분에 엄마는 안심하고 회사에서 열심히 일할 수 있었단다. 그것으로 나머지 빚을 모두 갚을 수 있었던 거야." "엄마, 형! 잘됐어요! 하지만 앞으로도 저녁 식사 준비는 제가 계속할 거예요." "저도 신문 배달을 계속할래요! 쥰아, 우리 힘을 내자!" 형이 눈을 반짝이며 말했습니다. "고맙다. 정말 고마워!" 어머니는 아이들의 손을 움켜쥐며 눈물을 글썽거렸습니다.

그걸 보며 형이 조심스럽게 입을 열었습니다. "엄마, 지금 비로소 얘긴데요, 쥰이하고 제가 엄마한테 숨긴 게 있어요. 그것은요…… 지난 11월에, 학교에서 쥰이의 수업을 참관하러 오라는 편지가 왔었어요."

"그리고 쥰이 쓴 작문이 북해도의 대표로 뽑혀 전국 작문 대회에, 출품하게 되어서 수업 참관일에 그 작문을 쥰이 읽기로 했다고요, 하지만 선생님이 주신 편지를 엄마께 보여드리면… 무리해서 회사를 쉬고 학교에 가실 것 같아서 쥰이 일부러 엄마한테 말을 하지 않고 있었대요. 그 사실을 쥰의 친구들한테서 듣고… 제가 대신 참관일에 학교에 가게 됐어요."

어머니는 처음 듣는 이야기에 조금 놀랐지만 금방 침착하게 말했습니다.

"그래…… 그랬었구나…… 그래서?……"

"선생님께서 작문 시간에, 나는 장래 어떤 사람이 되고 싶은가, 라는 제목으로 작문을 쓰게 했는데 쥰은 '우동 한 그릇'이라는 제목으로 글을 써서 냈대요. 지금 그 작문을 읽어 드리려고 해요. 사실 전 처음에 '우동 한 그릇'이라는 제목만 듣고는, 여기 '북해정'에서의 일이라는 걸 알았기 때문에 쥰 녀석, 무슨 그런 부끄러운 얘기를 썼지? 하고 마음속으로 생각했었어요. 그런데, 쥰이의 작문을 보고 생각이 바뀌었어요. 자, 지금부터 읽어드릴게요."

시로도는 그러면서 교복 상의 주머니에 접어서 넣어 두었던 종이 두 장을 꺼내어 펼쳤습니다. 쥰의 작문을 읽어 내려가는 시로도의 목소리는 작지만 낭랑하게 우동 가게에 울려 퍼졌습니다.

"우리 아빠는 운전을 하다 교통사고를 내서 많은 사람들을 다치게 하고 세상을 떠나셨다.

그런데 피해자들 모두에게 보상을 해주기 위해선 보험금으로도 부족해서 많은 빚을 지게 되었다. 그때부터 우리 가족의 고생은 시작되었다.

엄마는 아침 일찍부터 밤늦게까지 일을 하셨고, 형은 날마다 조간과 석간 신문을 배달해서 돈을 벌었다. 아직 어린 나는 돈을 벌기 위해 할 수 있는 일도 없었고, 엄마와 형은 나에게는 아무 일도 하지 못하게 했다. 대신 나는 저녁이면 시장을 봐서 밥을 해놓는 일을 했다. 내가 해 놓은 밥을 엄마와 형이 맛있게 먹는 걸 볼 때 나는 행복하다.

나도 우리 식구를 위해 작지만 할 수 있는 일이 있기 때문이다. 빚을 하루라도 빨리 갚기 위해서 우리는 모든 것을 절약하는 생활을 했다. 엄마의 겨울 코트는 아주 오래되어 낡고 해어졌지만 해마다 꿰매어 입으셔야 했다.

그러던 중에 재작년 12월 31일 밤에 우리 가족은 우연히 한 우동 가게를 지나치게 되었다. 안에서 흘러나오는 우동 국물의 냄새가 그렇게 맛있게 느껴질 수가 없었다. 우리 형제의 마음을 알았는지 엄마는 우리에게 우동을 사 주시겠다고 했다. 우리는 그 말이 반갑고 고마웠지만 우리 형편을 잘 알고 있었기 때문에 선뜻 가게 안으로 들어갈 수가 없었다.

형과 나는 망설이다가 딱 한 그릇만 시켜서 셋이서 같이 먹자고 엄마한테 말했다. 한 그릇이라도 우리에게 우동을 먹이고 싶었던 엄마와 우동 국물 냄새에 마음이 끌린 우리 형제는 가게 안으로 들어섰다. 문 닫을 시간에 들어와 우동 한 그릇밖에 시키지 않는 우리가 귀찮을 텐데도 주인 내외는 친절하고 반갑게 우리를 맞이해 주었다.

주인 내외는 양도 많고 따뜻한 우동을 우리에게 내놓았다. 그러고 나서는 문을 나서는 우리에게 '고맙습니다! 새해엔 복 많이 받으세요!'하며 큰소리로 말해 주었다. 그 목소리는 마치 우리에게, '지지 말아라! 힘내! 살아갈 수 있어!' 라고 말하는 것 같았다.

우리 가족은 그 후 일 년이 지난 작년 섣달 그믐날에도 그 우동 가게를 찾아갔다. 여전히 우리는 형편이 나아지지 않아 우동은 한 그릇밖에 시킬 수가 없었다. 하지만 이 날도 마찬가지로 주인 내외는 친절하고 따뜻하게 우리에게 우동을 대접해 주었다. '고맙습니다! 새해엔 복 많이 받으세요!' 하는 인사도 여전했다.

그래서 나는 결심했다. 나중에 내가 어른이 되면 힘들어 보이는 손님에게 '힘내세요! 행복하세요!' 하는 말 대신 그 마음을 진심으로 담고 있는 '고맙습니다!' 하고 말해줄 수 있는 일본 최고의 우동 가게 주인이 되겠다고."

주방 안에서 귀를 기울이고 있던 주인내외의 모습이 어느새 보이지 않았습니다. 형이 동생의 작문을 읽어 내려가는 사이 두 사람은 그대로 주저앉아 한 장의 수건을 서로 잡아당기며 걷잡을 수 없이 흘러나오는 눈물을 닦고 있었습니다.

시로도는 이야기를 계속했습니다.

"쥰이 사람들 앞에서 이 작문 읽기를 마치자 선생님이 저한테, 어머니를 대신해서 인사를 해 달라고 했어요." "그래서 너는 어떻게 했니?"

어머니가 호기심 어린 얼굴로 형에게 물었습니다.

"갑자기 요청 받은 일이라서 처음에는 말이 안 나왔어요…… 그렇지만 마음을 가다듬고 이렇게 말했어요. 여러분, 항상 쥰과 사이좋게 지내줘서 고맙습니다…… 작문에도 씌어 있지만 동생은 매일 저녁 우리 집의 식사 준비를 하고 있었습니다.

그래서 방과 후 여러분들과도 어울리지 못하고 일찍 집으로 돌아가는 겁니다. 그리고 동아리 활동을 하다가도 도중에 돌아와야 하니까 동생은 여러분들한테 몹시 미안해했습니다. 솔직히 저는 동생이 <우동 한 그릇>이라는 제목으로 작문을 읽기 시작했을 때 부끄럽게 생각했습니다. 그러나 가슴을 펴고 커다란 목소리로 읽고 있는 동생을 보는 사이에 한 그릇의 우동을 부끄럽게 생각하는 그 마음이 더 부끄러운 것이라고 생각했습니다. 그때, 한 그릇의 우동을 시켜주신 어머니의 용기를 잊어서는 안 된다고 생각합니다. 우리 형제는 앞으로도 힘을 합쳐 어머니를 보살펴 드릴 것입니다. 여러분, 앞으로도 쥰과 사이좋게 지내 주세요." 시로도의 말이 끝나자 어머니는 두 형제를 대견한 눈으로 바라보았습니다. 세 사람은 어느 때보다도 행복해 보였습니다.

다정하게 서로 손을 잡기도 하고, 무슨 이야기인가 나누며 웃다가 서로의 어깨를 다독여 주기도 하고, 작년까지와는 아주 달라진 즐거운 그믐밤의 광경이었습니다. 올해에도, 우동을 맛있게 먹고 나서 우동 값을 내며 "잘 먹었습니다."라고 머리를 숙이며 나가는 세 사람에게 주인 내외는 일 년을 마무리하는 커다란 목소리로, "고맙습니다! 새해엔 복 많이 받으세요!"라고 큰소리로 인사하며 배웅했습니다.

다시 일 년이 지나 섣달 그믐날이 되자 <북해정>의 주인 내외는 밤 9시가 지나고부터 <예약석>이란 팻말을 2번 식탁에 올려놓고 세 사람을 기다렸습니다. 그러나 그들은 끝내 나타나지 않았습니다.

다음해에도, 그 다음해에도 2번 식탁을 비워 놓고 기다렸지만 세 사람은 여전히 나타나지 않았습니다. 시간이 갈수록 <북해정>은 장사가 잘 되어, 가게 내부 장식도 멋지게 꾸미고 식탁과 의자도 새로 바꿨지만 2번 식탁만은 그대로 남겨 두었습니다.

단정하고 깨끗하게 놓여 있는 식탁들 가운데에서 단 하나 낡은 식탁이 중앙에 놓여 있는 것입니다. "어째서 이런 게 여기에 있지?" "낡은 이 식탁은 이 가게에 어울리지 않아." 이렇게 의아스러워하는 손님들에게 주인 내외는 '우동 한 그릇'의 사연을 이야기해 준 뒤 이렇게 덧붙이는 걸 잊지 않았습니다.

"우리는 이 식탁을 보면서 그때 그 사람들에게 받았던 감동을 잊지 않으려고 합니다. 그리고 이 식탁은 간혹 손님들에 대한 배려와 따뜻함을 잃어가는 우리 내외에게 자극제가 되고 있습니다. 우리는 어느 날인가 그 세 사람의 손님이 와 주었을 때, 이 식탁으로 맞이하고 싶습니다."

그 이야기는 '행복의 식탁'으로서, 손님들의 입에서 입으로 전해졌습니다. 일부러 멀리에서 찾아와 우동을 먹고 가는 여학생이 있는가 하면, 그 식탁이 비기를 기다렸다가 우동을 먹고 가는 사람들도 있고, 어려운 환경에서 살아가는 가족들이 찾아와 새롭게 결심을 다지고 돌아가기도 하는 등 그 식탁은 상당한 인기를 불러 일으켰습니다.

그 후 몇 년의 세월이 흘렀습니다. 섣달 그믐날이 되자 <북해정>에는, 이웃에서 장사를 하고 있는 이웃 사람들이 가게 문을 닫고 모두 모여들었습니다. 그들은 5, 6년 전부터 <북해정>에 모여서 섣달그믐의 풍습인 '해 넘기기 우동'을 먹은 후 제야의 종소리를 함께 들으면서, 새해를 맞이하는 게 하나의 행사가 되어 있었습니다.

그날 밤도 9시 반이 지나자 생선 가게를 하는 부부가 생선회를 접시에 가득 담아서 들고 오는 것을 시작으로, 주위에서 가게를 하는 30여 명이 술이나 안주를 손에 들고 차례차례 모여들었습니다. 가게 안은 순식간에 왁자지껄해졌습니다. 그들 중 몇 명의 사람들이 2번 식탁을 보며 말했습니다.

"오늘도 어김없이 2번 식탁은 비워 두었구먼!"

"이 식탁의 주인공들이 정말 궁금하다고."

2번 식탁의 유래를 그들도 알고 있었습니다.

말은 하지 않았지만 사람들은 어쩌면 금년에도 빈 채로, 신년을 맞이할지 모른다고 생각하고 있었습니다. 그러나 주인 내외는 <섣달 그믐날 10시 예약석>은 비워 둔 채, 다른 식탁에만 사람들을 앉게 했습니다. 2번 식탁에도 앉으면 좀 더 여유가 있으련만 비좁게 다른 자리에 모여 앉아 있으면서도, 사람들은 아무도 불평하지 않았습니다.

가게 안은 우동을 먹는 사람, 술을 마시는 사람, 각자 가져온 요리에 손을 뻗치는 사람, 주방 안에 들어가 음식 만드는 걸 돕고 있는 사람, 냉장고를 열어 뭔가를 꺼내고 있는 사람 등등으로 떠들썩했습니다.

이야기의 내용도 다양했습니다. 바겐세일 이야기, 금년 해수욕장에서 겪은 일, 돈 안내고 달아난 손님 이야기, 며칠 전에 손자가 태어났다는 할머니의 이야기 등으로 가게는 왁자지껄했습니다. 그런데 10시 30분쯤 되었을 때 문이 드르륵 하고 열렸습니다. 사람들의 시선이 입구로 쏠리며 조용해졌습니다.

코트를 손에 든 신사복 차림의 청년 두 명이 들어왔습니다. 사람들은 자신들과 상관없는 사람이라는 걸 알게 되자, 다시 자신들이 나누던 이야기를 마저 하기 시작했습니다. 가게 안은 다시 시끄러워졌습니다.

"미안해서 어쩌죠? 이렇게 가게가 꽉 차서…… 더 손님을 받기가……." 주인 여자는 난처한 얼굴로 이렇게 말했습니다. 그런데 말이 다 끝나기도 전에 기모노를 입은 부인이 고개를 숙인 채, 앞으로 나오며 두 청년 사이에 섰습니다.

모든 사람들의 시선이 그들에게 쏠렸고 부인이 조용히 입을 열었습니다.

"저…… 우동…… 3인분입니다만…… 괜찮겠죠?"

그 말을 들은 주인 여자의 얼굴이 놀라움으로 변했습니다.

그 순간 10여 년의 세월을 순식간에 밀어젖히고 오래전 그 날의 젊은 엄마와 어린 두 아들의 모습이 눈앞의 세 사람과 겹쳐졌습니다. 여주인은 주방 안에서 눈을 크게 뜨고 바라보고 있는 남편에게 방금 들어온 세 사람을 가리키면서 말을 더듬었습니다. "저…… 저…… 여보!……"

반가움과 놀라움으로 허둥대는 여주인에게 청년 중 한 명이 말했습니다. "우리는 14년 전 섣달 그믐날 밤 셋이서 1인분의 우동을 주문했던 사람들입니다. 그때의 한 그릇의 우동에 용기를 얻어 세 사람이 손을 맞잡고 열심히 살아갈 수가 있었습니다. 그 후 우리는 이곳을 떠나 외가가 있는 시가현으로 이사를 했습니다.

저는 금년에 의사 국가시험에 합격하여 대학병원의 소아과 의사로 근무하고 있었습니다. 그리고 내년부터는 이곳에서 멀지 않은 종합병원에서 근무하게 되었습니다. 그 병원에 인사도 하고 아버님 묘에도 들를 겸해서 왔습니다.

그리고 우동집 주인은 되지 않았습니다만 은행원이 된 동생과 상의해서 지금까지 저희 가족의 인생 중에서 가장 사치스러운 계획을 실행에 옮기기로 했습니다. 그것은 섣달 그믐날 어머니를 모시고 셋이서 이곳 <북해정>을 다시 찾아와 3인분의 우동을 시키는 것이었습니다."

고개를 끄덕이면서 듣고 있던 주인 내외의 눈에서 어느새 뜨거운 눈물이 넘쳐흘렀습니다.

입구에서 가까운 거리의 식탁에 앉아 있던 야채 가게 주인이 처음부터 죽 지켜보고 있다

가, 급한 마음에 우동가락을 꿀꺽 하고 삼키며 일어나

모두에게 들릴 정도로 외쳤습니다.

"여봐요 주인아주머니! 뭐하고 있어요?. 10여 년간 이 날을 위해 준비해 놓고 기다리고 기다린, 섣달 그믐날 10시 예약석이잖아요, 어서 안내해요 안내를!"

야채 가게 주인의 말에 비로소 정신을 차린 여주인이 그제야 세 사람에게 가게 안의 2번 식탁을 가리켰습니다. "잘 오셨어요.… 자, 어서요…… 여보! 2번 식탁에 우동 3인분이요!"

주방 안에서 얼굴을 눈물로 적시고 있던 주인아저씨도 정신을 차리고 큰 소리로 외쳤습니다. "네엣! 우동 3인분!"

그 광경을 지켜보며 가게 안에 모여 있던 사람들이 환성과 함께 박수를 보냈습니다. 가게 밖에는 조금 전까지 흩날리던 눈발도 그치고, <북해정>이라고 쓰인 천 간판이 바람에 휘날리고 있었습니다.

감상 포인트

① 일본 홋카이도의 북해정(北海亭)이라는 우동집에 섣달그믐 늦은 밤에 허름한 옷차림의 부인이 두 아들과 같이 와서 우동 1인분을 주문하자, 가게주인이 이들 모자의 자존심이 상하지 않도록 몰래 1인분 반을 담아주는 배려에서 이야기가 시작된다. 즉 가게주인들이 이들 모자에게 박절하게 대했다면 이루어질 수 없는 이야기다. 이는 이익을 남기기 위한 것이라기보다는 최선을 다하는 봉사로서 소비자를 감동시키는 것을 신조로 삼고 아무리 작은 가게라도 대대손손 가업으로 이어가는 일본식 상술의 전통적 특징을 담고 있다.

② 각박한 자본주의 사회의 그늘 진 한 구석, 빚에 찌든 가난을 끈끈한 애정과 건강한 성실성으로 극복해 내는 세 모자는 우동 한 그릇을 통하여 부자들은 맛볼 수 없는 감동의 물결을 일으킨다. 이 소설의 주인공은 세모자뿐이 아니다. 그들을 안타까운 마음으로 지켜보며 따뜻이 배려하는 식당주인 내외 역시 공동의 주역인 것이다. 이 작품에서 특별한 기교나 돋보이는 문체는 발견되지 않는다. 그러나 만인을 감동시킨 작가의 따뜻한 시선은 명문장과 기교의 경계를 훌쩍 넘어서고 있다.

토론방향

① 사회 저변에서 소리소문 없이 이루어지고 있는 나눔과 배려 그리고 사랑의 현장을

경험한 바가 있다면 발표하고 서로 공감하도록 한다.

② 소시민들의 희생, 나눔, 배려, 사랑이 우리 사회에 미치는 영향은 어떨까?

오렌지와 오렌지 맛 – 성석제

• 작가 소개

1960년 경북 상주 출생. 1986년 〈문학사상〉에 시로 등단, 1995년 〈문학 동네〉 여름호에 단편 「내 인생의 마지막 4.5초」를 발표하며 본격적인 소설가의 길로 접어든다. 해학과 풍자, 과장 등의 기법으로 현대 사회의 다양한 인간상을 표현하고 있다. 주요 작품으로 「내 인생의 마지막 4.5초」, 『황만근은 이렇게 말했다』, 『새가 되었네』, 『재미나는 인생』 등이 있다.

본문

주제 : 진짜와 비슷한 것의 차이

오렌지와 오렌지 맛

비읍은 편집부에 새로 들어온 신참치고는 아는 게 많았다. 그런데 그가 아는 건 조금씩 틀렸다는 데 문제가 있었다. 그러나 그는 자신이 틀렸다는 걸 인정하기보다는 사전이나 그 사전을 끼고 십 년 이상 먹고 살아온 우리를 의심하는 쪽을 택해서 우리의 심기를 불편하게 했다. 그래서 우리는 그가 실수를 할 때마다 그의 별명을 그 실수를 상징하는 말로 바꾸어 줌으로써 복수를 했다. 가령 이런 식이다.

"비읍 씨, 일 안하고 아침부터 거기서 뭐 해요?"

"차장님, 저 문방구 앞에 우산 들고 있는 아가씨 다리 참 죽여 줍니다. 가히 뇌살적이군요."

"비읍 씨, 이거 비읍 씨가 교정 본 거죠? 그렇게 뇌살 좋아하면 쇄도(殺到)를 살도(殺到)라고 하지 왜 그냥 놔 뒀어요?"

"하하하, 리을 선배님. 선배님 다리 역시 뇌살적이지만 저 아가씨는 춘추가 선배님 연치

(年齒)에 비해 방년 이십 세는 적어 보이고 따라서 또 뭐냐, 원스 어폰 어 타임 투기는 칠거지악(七去之惡)으로…….”

“지금 도대체 무슨 헛소리를 하고 있는 거얏!”

그 다음부터 한동안 그의 별명은 살도가 되었다. 한동안이란 그로부터 한 달 뒤 ‘홍미율율’ 사건이 터지기까지.

여름철이 되고 고등학교 야구 대회가 열리기 시작했다. 비읍은 제가 나온 학교도 아니면서 고향 고등학교라는 이유로 열렬히 응원을 하고 있었다. 인색하기 짝이 없는 그로서는 표 사서 야구장에 갈 일은 없었고 편집부 안에서 신문을 보면서 입으로 하는 응원이 전부였지만.

“우와아! 차장님. 어제 우리의 경상고 피처가 연타석 홈런을 깠습니다. 캐처는 6타석 4타구 4안타. 유격수는 도루가 네 개. 결승 진출은 맡아 놨구만.”

“이거 봐요. 비읍 씨. 그 학교가 자네 학교야? 그 동네는 그 학교 근처만 갔다 오면 다 한 학교 출신이 되나?”

“헤헤. 차장님. 모르시는 말씀. 경상시야 한국의 영원한 구도(舊都) 아니겠습니까. 야구하면 경상, 경상하면 야구지요.”

듣고 있던 리을이 나섰다.

“그럼 동네 이름을 야구시로 짓지 그랬어요. 아냐, 비읍 씨 고향을 기리는 의미에서 앞으로 우리가 비읍 씨를 야구 씨라고 불러 줄게.”

어지간하면 질릴 법도 하련만 비읍은 천하태평이었다.

“이거 사방에 적군의 노래뿐이니 완전히 사면초가(四面楚歌)일세. 오호 통재(嗚呼痛哉)라.”

“비읍 씨. 하나 물어 볼 게 있는데 말예요. 사면초가에서 왜 적군이 초가를 불러요?”

“역시 리을 선배님은 여자라서 역사는 잘 모르시누만. 그게 말임다. 항우가 적벽 대전에서 유방에게 포위가 됐는데 말임다.”

“적벽이 아니라 해하(垓下)겠지.”

“차장님, 적벽이나 해하나 그게 중요한 게 아니고 말임다. 한나라 군사가 초나라를 포위하고 오래 있다가 보니까네 초나라 유행가를 다 배웠다는 검다. 항우가 듣다가 그 노래가 너무 슬퍼서 아, 졌다 하고 자살을 했단 말임다.”

“한나라 군사가 초나라 노래를 불러 줬다구?”

“그쵸. 그게 장량의 작전이었다 이 말임다. 아, 근데 차장님은 한참 이야기가 홍미율율할 만하면 꼭 초를 치십니까, 그래?”

"흥미, 뭐?"

"또 초 치셔."

"비읍 씨. 나도 못 들었어요. 흥미 뭐라고 했어요?"

"아, 율율!"

"율율?"

"율! 율! 왜욧!"

흥미진진(興味津津)을 흥미율율(興味律律)로 우겨 바라던 '야구' 말고 '율율'이라는 별명을 얻은 그가 한동안 자중(自重)을 하는 듯하더니 문득 결혼을 했다. 편집부에서 집들이 차 그의 집을 가면서 오렌지 주스를 샀다.

"이봐. 거 뭐 마실 것 좀 내오지."

결혼한 지 한 달도 되지 않았는데 비읍은 십 년 넘게 마누라를 호령하며 살아온 사람처럼 굴었다. 그렇게 하지 않으면 체면이 깎이기라도 하는 것처럼. 안타깝게도 그의 부인 역시 십 년 넘게 살림을 해 와 살림에 이골이 난 여인네 같은 몸빼 차림으로 나타나 홍분(紅粉)의 아리따운 새댁을 보러 갔던 사람들의 기대를 꺾었다. 그리고 그 부인이 내온 음료수가 비읍에게 새로운 별명을 선사했다.

"내가 산 건 백 퍼센트 천연 무가당 오렌지 주스였단 말야. 그런데 그게 언제 오렌지 맛 음료로 바뀌었는지 모르겠어. 정말 환상적인 부부야."

일동은 그의 집을 빠져나오는 순간부터 그를 당분간 '오렌지 맛'이라고 부르기로 만장일치로 합의했다. 백 퍼센트 오렌지 주스를 혼자 마시고 있을 그의 부인은 '오렌지 부인'으로 부르기로.

감상 포인트

① 〈우동 한 그릇〉에서 잔잔한 감동을 맛보았으면 이제 〈오렌지 맛 오렌지〉를 읽으며 또 한 편의 소설이 선물하는 해학적 웃음의 묘미를 살펴보기로 하자. 이 소설은 단편 중에서도 짧은 편에 속하는 장편(掌篇)소설 혹은 엽편(葉片)소설로 원고지 5매 내외의 콩트이다. 콩트는 짧은 이야기를 통해 유머, 기지, 풍자가 섞인 가벼운 재담능력을 발휘하는 효과를 노린다. 한편 짧은 글로 촌철살인의 정곡을 찌르는 데 유용하다.

② 작품 속에서 '비읍'은 쇄도(殺到)를 살도라고 읽고 흥미진진(興味津津)을 흥미

율율로 읽음으로써 그 오독이 곧 별명이 된다. 사면초가의 초가(楚歌)를 한나라 군사들이 부르는 노래라고 우기는가 하면 덩달아 그의 아내 역시 천연무가당 오렌지주스 대신 오렌지 맛 오렌지를 내 오는 등, 부부가 합세해 웃음을 선물한다. 진짜 오렌지가 아니라 오렌지 맛이 나는 오렌지를 등장시켜 '비읍'의 실체를 드러내고자 한 것이다.

③ 그런데도 이야기 속에서 '비읍'은 태연자약하고 당당하다. 그리하여 비난이나 조소의 대상이기보다는 밉지 않게 실소를 선물하는 긍정적 캐릭터로 부상한다. 작가는 걸러내지 않고 손쉽게 털어놓는 '아는 체'나 지식의 오류로 인한 실언을 희화화하여 해학의 진수를 보여주고 있다.

토론방향

① 웃음의 종류에 대해 알아보고 이 소설에서 '비읍'을 통해 얻게 되는 웃음의 성격에 대해 알아본다.

② 건전한 웃음의 사회적 영향에 대해 알아본다.

③ 오렌지와 오렌지 맛의 차이는 어떻게 다른가?

① 소소한 일상 속에서 작은 마음 씀씀이가 뜨거운 공감대를 형성하는 경우가 종종 있다. 따라서 사회적으로 큰 감동의 물결을 일으키는 배려는 결코 작은 것이 아니다. 그런데 우리는 그런 경우를 가까이에서도 흔히 지나치곤 한다. 그것을 놓치지 않고 작가들은 창조적으로 작품화하여 그 가치를 배가시킨다. 〈우동 한 그릇〉도 그런 작품 중 하나다. 이 짧지만 훈훈한 단편 하나가 일본 열도를 감동시킨 것이다. 우리는 이처럼 눈물겹고도 아름다운 이야기에서 벅찬 감동을 받아, 각박한 사회에 대한 시선을 긍정적으로 바꾸고 자신의 내면을 맑고 따뜻하게 정화하게 된다. 외부세계와 내면 안팎으로 치유가 이루어지는 것이다. 감동으로 인한 공감대의 확산처럼 효과적인 치유법이 또 있을까?

② 흔히 웃음은 만병통치약이라고 한다. 남에게 웃음을 선물하는 것은 곧 그만큼의 치유를 돕는 것일 수 있다. 비록 헤프고 싱거운 웃음일지라도 받아들이는 입장에 서는 유쾌한 카타르시스로 작용할 수 있다. 웃음은 자신은 물론 남의 시름을 덜어주고 상처를 어루만져 주는 치유의 일등공신이라는 사실을 기억하는 것만으로 우리는 행복의 근처에 한 걸음 다가서게 된다.

note book

행복은 일반적으로 웃음과 동의어다. 웃겨야 나오는 웃음은 감동이 없다. 힘든 상황에서도 웃음과 미소가 나올 수 있어야 행복할 수 있다. 부탄이나 라다크 국민들은 그들이 항상 지니는 웃음과 미소에서 행복함을 자연스럽게 내비친다. 비록 고달픈 상황일지라도. 나의 웃음과 미소는 어디에서 시작되는지 생각해보자.

12 『징비록(懲毖錄)』 | 류성룡

⇨ 강의주제 : 역사를 통한 현재의 나 바라보기

⇨ 수업목표	① 임진왜란의 배경과 과정을 통해 징비록의 가치를 이해한다. ② 징비록의 의미를 알고 교훈을 말할 수 있다. ③ 懲毖의 정신으로 나의 '징비록'을 작성할 수 있다. ④ 유성룡의 생애와 임진왜란을 이해한다. ⑤ 도서내용과 주제에 대한 이해를 통해 자신의 역사관을 찾아낸다. ⑥ 독서 후 내면화 과정을 통해 자신의 역사서를 써보고 서로 공유해 본다.

1) 저자 소개

서애 유성룡(1542-1607), 퇴계의 제자로 4세 때 글을 깨우치고, 성균관에서 2년 만에 조기 졸업하여 25세에 과거 급제를 했다. 51세에 임진왜란 발발하자 좌의정에서 영의정이 되었고, 이후 당쟁의 여파로 물러나 자신이 직접 체험한 왜란의 실상을 바탕으로 『징비록』을 저술하였다.

2) 이 책의 가치와 의미

『징비록』은 생생한 역사적 기록이자 우국충정이 넘치는 통절한 반성문이다. 후대의 사가를 비롯한 후학들은 이 한 권의 책을 통해 임진, 정유왜란 당시의 역사적 실상을 조감하고, 국가의 존재 가치와 국정에 임하는 위정자들의 자세에 대해 새삼 숙고하게 된다.

유성룡은 왜란 당시 군무를 총괄하는 직책을 맡아 국난을 타개하려고 애썼을 뿐 아니라 영의정이라는 최고위직을 수행하며 전후의 폐허를 수습하는 데 진력한 공신이었다. 그러나 그보다도 『징비록』을 남겨 역사의 진실을 보존하고 이순신을 천거하여 혁혁한 전공을 세우게 함으로써 누란의 위기에서 나라를 구한 공로로 더욱 돋보이고 있다.

이순신의 『난중일기』와 더불어 『징비록』은 어느 사초나 실록보다도 귀중한 사료적 가치를 지닌다. 『징비록』은 저자가 밝힌 바와 같이 환란을 교훈으로 삼아 후일의 우환을 예방하기 위한 의도로 집필 되었다. 저자는 자신의 잘못부터 반성하고, 나아가 전시 중에도 당파싸움을 일삼던 지도층의 분란, 임금을 비롯한 조정에 대한 백성들의 분노와 원망을 가감 없이 기록하고 있다. 따라서 왜란 당시의 참상은 물론 전쟁 이전의 미비한 정세, 전후의 피폐한 실상까지 낱낱이 되새겨 보게 한다.

전시와 전후를 아울러 국난 극복에 심혈을 기울인 핵심적 당사자로써 객관적 반성에 충실한 이 책은 당시의 실상을 이해하는 데 가장 효과적인 증언으로 꼽힌다. 또한 철저한 반성을 통해 후회 없는 후일을 도모함에 있어서 국민적 초석으로 읽힌다. 이 책은 단행본으로 발행된 서책으로는 드물게 국보로 지정될 만큼 현재까지도 그 가치를 인정받고 있으며 일본에도 널리 알려져 있다.

3) 핵심 톺아보기

① 임진왜란의 가장 참혹한 피해는 무엇인가?

② 명의 도움은 자기나라를 지키기 위한 자구책의 일환이었을 뿐이다. 국제사회에서 자국의 이해관계와 상관이 없는 순수한 인도적 참전이 가능하다고 보는가?

③ 임진왜란은 우리나라의 무수한 전쟁 중 가장 참혹하고 피해가 큰 외침이었다. 그런데도 일본은 아직도 침략의 유혹을 떨치지 못하고 있다. 이러한 상황에서 진정한 한일 우호가 가능하다고 보는가?

④ 임진왜란이 야기한 우리나라 아녀자들의 비극과 문화재 손실 등 제대로 드러나지 않은 잠재적 피해의 심각성에 대해 어떻게 생각하는가?

⑤ 국정에 있어서 지도층의 역할이 얼마나 중요한가를 임진왜란은 적나라하게 지적해 주고 있다.

독해자료 1 : 토론과 발표의 초점

교수 · 학습활동

과정	주요내용	비고
독서 전 활동	- 징비록의 뜻 - 유성룡과 이순신의 특별한 관계 - 도서 내용과 주제에 대한 이해 - 징비록을 이해하기 위해서는 임진왜란·정유재란에 대한 역사적 이해가 필요하므로 발생 배경/전개과정/결과를 간단히 요약해서 설명한다. - 역사스페셜〈임진왜란〉 감상하기	우리가 이 책을 선택한 이유와 왜 이 책을 읽어야 하는지 목적과 동기부여를 확실하게 해준다.
독서 중 활동	- 조선은 왜적의 침략을 모르고 당했을까? - 왜 조선은 당할 수밖에 없었나? - 우리 민족은 어떻게 극복하였는가? - 가장 기억에 남는 내용을 무엇인가? - 우리는 왜 징비록을 읽어야 하는가? - 핵심 키워드 찾아 메모하기(마인드맵 작성)	도서 이해 및 확장 책을 읽기 전에 몇 가지 질문 항목을 스스로 만들어보게 하고 책을 읽으며 답을 찾아나가도록 지도한다.
독후 활동 (토론 및 발표)	- 책 징비록과 동영상 자료의 차이점 찾기 - 책을 읽은 후 어떤 생각이 들었는지 발표하기 - 유성룡은 징비록을 통해서 무엇을 말하려 했는가 교훈을 찾아내고 토론하기 - 나의 '징비록' 작성하기 : 자신을 경험을 토대로 나의 징비록을 작성한다. 과거 후회되는 사건의 원인을 자신 안에서 돌이켜보며 미래에 대비하는 행동 계획을 세워본다. 진솔하고 진지한 개인적 활동을 위해 발표하지 않음을 미리 얘기한다.	내면화 과정 징비록을 읽고 자신만의 징비록을 작성하기 위해서는 자신의 정체성과 자신의 역사를 들여다 볼 수밖에 없다. 스스로 경계해야 할 항목을 찾고 미래 계획을 세우도록 격려한다.

독후 활동 (토론 및 발표)	- 오늘의 현실과 역사적 사실을 어디까지 비교하고 어디까지 적용하여 해석할 수 있을까?	

독해 자료 2 : 임진왜란 · 정유재란 도표

구분	내 용
배경	**• 조선의 정세** - 건국 이후 200년간 전쟁이 없었던 조선은 국방에 대비하지 못함 - 16C에 들어서면서 붕당 간의 인식 차이로 이이 등의 경고에도 불구하고 왜구의 침입에 적극적으로 대처하지 못함. - 수차례 일본 사신들의 오만한 태도를 통해서도 일본의 정황과 위세를 엿볼 수 있었는데도 조정에서는 별 대응을 하지 않음 - 일본에 다녀온 사신 중 황윤길은 전쟁에 대비해야 한다고 했지만 김성일은 일본의 침략 징후를 발견할 수 없었다고 상반된 보고를 함. (일본의 침략이 없으리라는 확신을 가지지 못하고서도 당파적 시각에서 사신 간의 이견 발생함) - 차츰 위협을 감지한 조정에서는 성을 쌓는 등 준비를 하기에 이르자 백성들은 태평성대에 성을 쌓는다고 불평함 - 군의 핵심이던 신립은 왜군의 실력을 대수롭잖게 여김 **• 일본의 정세** - 도요토미 히데요시 등장, 100년간 계속되어 오던 내란 수습, 일본통일. - 불만이 많은 무사 계급의 관심을 밖으로 돌려 국내의 정치적 불안을 무마하기 위해 전쟁을 준비 - 조선을 통해 중국을 치려함(중국 땅을 사무라이에게 나누어 주려함)

배경	• **명의 정세** - 명 말기로 부정부패가 심함
전개 과정	• 부산진 침입 (1592년 4월 13일) → 4월 15일, 동래성 함락 → 신립의 충주전투 패배 → 선조 피난 → 한양 함락(4월 말) → 평양 함락(6월 말) → 함경도 침입 • **의병의 활약** - 승려와 농민뿐 아니라 천민까지도 자발적으로 군대를 조직 - 향토 지리에 익숙하고, 향토 조건에 알맞은 전술과 무기 사용 - 일본군의 사기를 저하시키는 데 큰 역할을 함 • **이순신의 수군** - 이순신은 전쟁이 일어나기 1년 전부터 전함과 무기를 정비하고 군사를 훈련시키는 등 왜군 침략에 대비 - 지상전의 연전연패 속에 전쟁의 판도를 바꾸는 데 결정적인 역할을 함 • **명의 구원병** : 이여송이 이끈 명군이 조선군과 합세, 평양성 탈환 • **총 7년의 난** : 2년 만에 마무리 → 3년 휴전 → 2년 정유재란(1597년 재침)
결과	• **조선의 피해** : 민생 파탄, 경제적 피해, 신분 질서 동요, 문화재 소실 • **일본의 문화적 발전** : 성리학, 도자기 기술, 인쇄 문화 등이 전래됨 • **명의 멸망**

임진왜란 · 정유재란이 남긴 교훈

- 임진왜란은 기습이 아님. 일본에서 '명을 정벌하는 데 앞장서라'고 계속 외쳤지만, 조선(선조)은 '명이 도와주겠지'라고 안일한 생각으로 외면함
- 명군 참전 목적은 조선 보호보다는 왜군의 요동 진출을 차단하는 데 있었음
- 동래부사 송상현의 고군분투, 왜적도 그의 충절을 흠모해 그의 시신을 성 밖에 묻어주고 말뚝을 세워 표시해 둠
- 용궁 현감 우복룡은 방어사에 귀속되어 북으로 가던 군사들을 반군으로 모함해 모두 죽이고 그 공으로 안동부사로 승진
- 선조의 개성 피난길에 경기도 아전과 병사가 도망쳐 호위할 사람마저 없었음.
- 전란 중에도 당파싸움이 치열해 수시로 지도부가 교체됨
- 정략과 순간적 판단착오로 인한 오해로 걸핏하면 억울한 목을 베어 버림
- 임금이 마땅히 피난할 곳조차 없을 정도로 위급한 상황이었음
- 천연의 요새인 조령과 평양성을 지키지 못한 것은 전략적으로 큰 실책이었음
- 고경명은 의병을 일으켜 두 아들, 동생, 종들과 함께 전사함
- 명나라 장수 중 장세작은 명군의 철군을 주장함
- 불과 10일 만에 왜적에게 서울이 함락됨
- 험준한 산세를 이용해 유격전을 펼치지 못한 아쉬움이 큼
- 해군의 이순신을 제외하고는 육지에는 전략적으로 뛰어난 장수가 없었음
- 선조실록 : 적 무기는 '조총'뿐인데 이것을 막을 물건은 없는가? '정말 조총 때문에 졌는가?' 조총은 실제 무시무시한 무기가 아니었음. 적에 대한 정보가 부족했음. 이장손이 발명한 진천뢰는 일본이 가장 두려워한 무기였으나 제대로 활용 못함
- 일본군이 강화도를 함락시켰다면 조선 전체가 빠르게 함락되었을 것. 하지만 이순신이 남해를 막아 서해 진출을 막음
- 일본은 조선 도공들을 귀족 취급하였으며, 유럽에 일본산으로 도자기를 수출하여 부를 축적, 19C 근대화 성공

본문

순변사에 임명된 이일은 서울의 정예병사 300명을 선발로 거느리고 가려 했다. 그러나 병조에서 선발한 병사는 대부분 집에서 살림하던 사람들이거나 아전 또는 유생들뿐이었다. 불러 모아 점검을 해 보자, 관복을 입고 옆에 책을 낀 채로 나온 유생, 평정전을 쓰고 나온 아전 등 모두가 병사로 뽑히기를 꺼리는 자들로 뜰이 가득 찼다.

장수가 군사를 쓸 줄 모르면 나라를 적에게 넘겨준 것과 같다

"동궁마마의 말씀만 가지고서는 민심을 수습할 수 없습니다. 성상께서 친히 말씀해 주시기 바랍니다." 다음날 할 수 없이 임금께서 대동관 문에 나아가셨다. 그리고는 승지에게 평양을 반드시 지킬 것이라는 말을 전하게 하였다. 그 말을 들은 사람들은 엎드려 절하고 통곡하더니 물러갔다. 얼마 후 숨어있던 백상들이 모두 돌아오게 되자 성은 예전의 모습을 되찾았다.

임금께서 평양을 떠나온 뒤로는 인심이 험악해져 지나는 곳마다 난민들이 창고의 곡식을 약탈하는 일을 목격하게 되었다.

왜적이 서울을 점령한 지 벌써 2년, 온 국토가 쑥밭이 되어 농사지을 땅도 남아 있지 않은 까닭에 백성들을 굶어죽는 것이 다반사였다.

길에서 죽은 어머니의 젖을 빨고 있는 아기를 본 사총병은 데려다 기르기 시작했다. "아직 왜적이 물러가지도 않았는데 이 지경이니 어찌하면 좋겠소?" 사총병이 한숨을 쉬며 내게 말했다. "하늘도 한탄하고 땅도 슬퍼할 일입니다." 나 또한 눈물이 주루루 흘러내렸다.

당시 서울에서 남부 해안지방까지 왜적들이 즐비하게 늘어서 있어 4월인데도 보리 심는 백성은 찾아볼 수가 없었다. 만일 이 상태가 몇 달 동안 계속되었다면 우리 백성들은 하나도 남김없이 죽었을 것이다.

포위 8일째, 진주성은 결국 함락되었다. 목사 서예원, 판관 성수경, 창의사 김천일, 의병복수장 고종후 등은 모두 전사하고 6만 명에 이르는 병사와 백성이 목숨을 잃었으며 닭과 개마

저 남은 것이 없었다. 왜적들은 성을 파괴하고 참호를 메웠을 뿐 아니라 우물도 묻어버리고 나무도 모조리 베어버리는 만행을 저질러 지난 패배의 분풀이를 했다.

조정에서는 한 차례 고문을 한 다음 사형을 감형하고 삭탈관직만 시켰다. 이순신의 노모는 아산에 살았는데 그가 옥에 갇혔다는 말을 듣자 고통스러워하다 목숨을 잃고 말았다. 옥에서 나온 이순신은 아산을 지나는 길에 상복을 입고는 권율 휘하에 들어가 백의종군하게 되었는데 그 소식을 들은 사람들이 모두 안타깝게 생각했다.

이순신은 배의 크기에 따라 쌀을 받고 통행첩을 발급해 주었는데 큰 배는 3석, 중간 배는 2석, 작은 배는 1석을 받았다. 당시 피란을 떠나는 배들은 모든 양식을 싣고 다녔기 때문에 그 정도 쌀을 바치는 것은 어렵지 않았으며 오히려 안전하게 다닐 수 있음을 기쁘게 생각했다. 이순신은 10여 일만에 1만여 석의 군량을 얻을 수 있었다. 또한 백성들이 가지고 있던 구리, 쇠를 모아 대포를 만들고 나무를 베어 배를 건조했다. 그가 추진하는 모든 일은 순조롭게 진행되었으며, 먼 곳에 있던 사람들까지 그에게 의지하기 위해 모여들어 집을 짓고 막사를 만들어 장사를 하게 되자 그들을 수용하기에 섬이 모자랄 지경이었다.

이순신이 한산도에 머무르고 있을 때 운주당이라는 집을 지었다. 그는 그곳에서 장수들과 함께 밤낮을 가리지 않고 전투를 연구하면서 지냈는데 아무리 졸병이라 하여도 군사에 관한 내용이라면 언제든지 와서 자유롭게 말할 수 있게 했다. 그러자 모든 병사들이 군사에 정통하게 되었으며 전투를 시작하기 전에는 장수들과 의논하여 계책을 결정하였던 까닭에 싸움에서 패하는 일이 없었다.

조가 말하기를 "군사를 거느리고 전투에 임할 때 중요한 세 가지가 있습니다. 첫째는 지형을 이용하는 것이요, 둘째는 군사들의 기강이 바로잡혀 있을 것이며, 셋째는 좋은 무기를 사용하는 것입니다. 이 세 가지야말로 병법의 기본이요, 승패는 이로부터 결정되는 것이니 장수가 이를 몰라서는 안 될 것입니다."

강한 것에 약한 것이 당하지 못하고, 많은 숫자를 적은 숫자가 당하지 못한다.

공과 죄는 결코 섞이지 않는다.

간추려보기

① 이이의 십만양병설

"나라가 오랫동안 태평하다 보니 군대와 식량이 모두 준비되어 있지 않아, 오랑캐가 변경을 소란하게만 하여도 온 나라가 술렁입니다. 지금대로라면 큰 적이 침범해 왔을 때, 어떤 지혜로도 당해낼 수 없을 것입니다."

② 유성룡과 이순신의 관계

- 유성룡은 이순신의 세 살 선배로 어린 시절 절친한 벗이었음
- 임진왜란 14개월 전에 지방현감인 이순신을 전라좌수사로 추천하는 선견지명을 보임
- 이순신은 전라좌수사로 수군장수를 처음으로 맡게 되어 군사력 강화에 매진함
- 유성룡이 이순신을 추천한 것만으로도 이목을 끔

③ 징비록에서 유성룡이 강조한 내용

- 지난 일의 잘못을 징계해서 후에 환란이 없도록 조심하라.
- 계략이 뛰어난 장수가 있어야 한다.
- 성은 적을 막고 백성을 보호하는 곳이므로 견고해야 한다.
- 군대를 양성하고, 조총기술을 도입해야 한다.

① 징비록은 임진, 정유 두 차례의 왜란에 속수무책이던 무능과 국가의 내부 실상에 대한 무지를 탄식하는 통절한 반성문이다. 지피지기면 백전백승이라는 손자의 주장은 병법의 기본적 상식이다. 자신의 실상을 제대로 알아야만 외부의 적과 싸우는데 유리한 전략을 세울 수 있기 때문이다.

② 자신의 실상은 곧 자신의 내부 상황을 이른다. 당대 국가의 내부적 실상을 주체적 입장에서 정확히 진단하고 잘 다스려야만 원활한 사회를 통한 국민의 정신건강을 기할 수 있다. 국가사회와 개인의 정신 건강은 밀접한 관계가 있기 때문이다.

③ 이순신을 비롯한 무수한 의병들의 충심은 순결한 청정심의 발로였다. 삿됨이 없이 죽음조차 두려워하지 않는 충심은 진정성의 극치로 지고지순한 인격의 효시임은 물론이려니와 그 자체만으로 치유가 이루어진 고도의 경지일 수 있다.

note book

역사를 소재로 한 드라마나 영화가 넘친다. 드라마와 영화는 흥행성을 기본으로 하는 탓에 허구가 포함되기 쉽다. 하지만 그나마 이것들 때문에 역사적 사실의 전후좌우를 살펴보게 된다. 최근 언론에 보도된 역사에 관한 것 중 하나를 선택해 깊게 파고들어가 보자.

13 『1그램의 용기』 | 한비야

⇨ 강의주제 : 긍정의 힘은 용기의 원천

⇨ 수업목표	이 책은 소소한 일상에서 벗어나 신선함을 충전하는 용기와 긍정의 철학을 다시금 강조한데서 새삼 그 의미를 실감할 수 있게 한다. 노예적 삶과 주체적 삶의 차이를 극명하게 제기함으로써 자아의 가치를 스스로 높일 수 있게 촉구하는 것 역시 이 책이 우리에게 전하는 강력한 메시지이다. 모험과 용기는 짝을 이룬다. 모험은 생의 영토를 확장하고, 창조적 무대를 스스로 개척하는 선구적 자기개발임을 이 책을 통해 재확인하고자 한다.

1) 저자 소개

한비야, 1986년 홍익대 영문학과를 졸업하고, 1989년 미국 유타주에 있는 유타대학 대학원에서 국제홍보학 석사 학위를 받았다. 국제구호활동을 시작한 이후에는 2008년 현직 구호활동가들을 재교육하는 IDHA 과정을 수료했고, 2010년에는 미국 터프츠대학(Tufts University) 플레처스쿨(Fletcher School)에서 인도적 지원학으로 석사 학위를 받았다. 현장을 반영한 현실성 있는 구호이론을 체계화하기 위해 1년의 반은 교수와 세계시민학교 교장으로 가르치는 일과 연구에 힘쓰고, 나머지 반은 해외 현장에서 국제구호전문가로 일하고 있다. 저서로 『바람의 딸, 걸어서 지구를 세 바퀴 반』, 『그건 사랑이었네』, 『지도 밖으로 행군하라』 등이 있다.

2) 이 책의 가치와 의미

한비야는 『1그램의 용기』를 통하여 많은 젊은이들에게 다시 한 번 모험과 용기의 가치에 대해 일깨워 주었다. 모험과 용기는 서로를 견인하고 보완하며 생의 활력을 불어넣고 성취감을 북돋아주는 동력으로 작용한다.

여행전문가로 널리 알려진 한비야는 단순한 여행가가 아니라 치열한 도전정신에 따른 모험이 그 여행의 본 모습이다. 그는 그와 같이 생생한 모험여행을 토대로 『1그램의 용기』라는 또 한 권의 사회적 텍스트를 세상에 선물할 수 있었다.

그의 모험은 결코 만용이 아니다. 그 용기의 이면에는 긍정적 사고방식이 뒤를 바치고 사전에 계획을 철저히 세우는 치밀함이 바탕을 이루고 있다. 다만 실행에 있어서 과감한 자신감이 앞장섰을 뿐이다. 그러기에 배낭과 함께 걸어서 지구의 세 바퀴 반이나 되는 거리를 주파한 것이다.

그 여행은 맹목적 행군이 아니다. 단순한 관광여행도 아니다. 그의 전공처럼 국제구호활동전문가라는 또 하나의 칭호가 이르듯 세계의 열악한 오지 구석구석에 따뜻한 온정을 심는다. 1그램의 용기는 그런 그의 작품 중 하나로 종전 저서들의 연장선상에 있지만 소소한 일상에서 벗어나 신선함을 충전하는 용기와 긍정의 철학을 다시금 강조한데서 새삼 그 의미를 실감할 수 있게 한다.

저자는 긍정적 가치관과 적극적 사고방식을 실천적 에너지와 모험적 용기로 극대화 한다. 그리고 넘치는 에너지를 이웃이나 세상과 나누기 바쁘다. 무엇보다도 그의 장점은 빠른 말투보다도 더 발이 빠르다는 데 있다. 그의 지칠 줄 모르는 긍정적 에너지는 생사의 분기점에 다름 아닌 위험한 오지의 현장에서 치열하게 발휘되고 있다. 그리고 그는 온몸으로 말한다. 큰 모험은 작은 용기에서부터 시작된다고. 그 용기야 말로 주체적인 자아의 발로이기에 소중한 성취의 토대이자 토양이다.

저자의 남다른 실천력의 배후에는 늦깎이 학업의 열정이 바탕을 이루고 있다. 그는 끊임없이 배우며 자신을 필요로 하는 현장에서 그 지식을 효과적으로 활용한다. 말과 실천이 일치하는 저자의 열정적 진실을 통해 새삼 자신의 세계를 돌이켜 보게 되는 것이야말로 이 책을 읽고 난 최고의 독후감일 것이다.

자신을 충분히 누리면서도 그의 몸은 항상 구호의 손길이 절실한 세계와 함께 한다. 자신과 세상에 두루 충실한 삶이 그의 일상이다. 그런데 아침의 밀크커피 한 잔, 잠자기 전 와인 한 잔의 행복에 그 비결이 있다. 그 습관적 기호를 그는 늘 새로운 기분으로 맞이하는 것이다.

그는 늘 말한다. 나의 백락은 누구인가? 하고. 그것은 그가 그만큼 치열하게 학구적 자세로 발전적인 생의 좌표를 추구하고 있다는 반증이다. 그리고 그 비결은 되도록 많은 사람들과 함께 나누려고 동부서주 하며 좌절을 거절한다. 달콤한 경험적 성취감이 늘 앞장서기 때문이다. 『1그램의 용기』는 그 보고서이다

3) 핵심 톺아보기

① 용기와 창조적 에너지와는 어떤 관계가 있는가?

② 도전정신과 성취감, 자존감은 비례하여 상승한다. 저자의 글을 읽고 나서 어떤 변화가 일어났는가?

③ 자아 성취와 발전에 있어서 이웃에 봉사하는 것은 어떤 기능을 하는가?

4) 독서토론 예시문

Part 1

교수 · 학습활동

주제 : 일상 속의 자아 발견

요점 :
① 결정적 순간에 용기를 보태다.
② 용기를 수식하는 동사.
③ 불안과 두려움은 용기의 원동력
④ 행복의 유효기간, 지속 가능한 행복도 있다.
⑤ 아침의 밀크커피 한 잔, 자기 전에 마시는 와인 한 잔의 행복
⑥ 오랜 시간과 정성을 들여 사랑한 모든 경험은 나를 키우고 내 인생을 풍요롭게 해준다.
⑦ 돈이 별로 안 드는 행복
⑧ 잘 못 든 길이 주는 새로움과 행운

요점 : ⑨ 메모하는 습관이 주는 선물
⑩ 내 최대의 장점은 무한긍정
⑪ 한정된 에너지를 자신의 특성과 소질에 집중투자
⑫ 내가 어떤 사람인가를 잘 아는 것.
⑬ 호랑이는 숲에 있어야 제 능력을 발휘한다.
⑭ 산에 가면 나는 그 산의 주인이다.
⑮ 아름다운 것들은 다 공짜다.
⑯ 그거 좋은 생각이다 어디 한 번 시작해 보자.
⑰ 힘겹게 오른 산이 더 아름답다.
⑱ 가다가 중지해도 간만큼 이익이다.
⑲ 여행 자체보다 여행 계획을 세울 때가 더 즐겁다.

본문

가능성이 50대 50으로 팽팽할 때, 하고 싶은 마을과 망설이는 마음이 대등하게 줄다리기 할 때, 내 책에서 딱 1그램의 용기를 얻었으면 좋겠다.

한 달 수입이 400만 원이 될 때까지는 행복지수가 급상승하지만 그 이상이 되면 오히려 더 낮아진다고 한다. 그 돈을 벌기 위해 가족, 친구들과의 인간관계가 소홀해지기 때문이란다.

밀크커피 한 잔, 와인 한 잔, 보름달, 그리고 매달 어김없이 찾아오는 24일, 라디오만 켜면 언제든지 들을 수 있는 클래식음악이 평생 나를 행복하게 해주는 보물단지라니!

세상 모든 일을 일단 긍정적으로 생각하는 머리, 사람을 보면 먼저 그 사람의 장점이 먼저 보이는 눈, 어려운 일이 닥쳐도 세상은 노력하는 사람의 편이고 그러니까 내편이라며 솟아날 구멍이 반드시 있다고 믿는 그 마음

타고 난 결핍이 그 사람을 훌륭하게 만든다고 하던가. 나 역시 길눈 어두운 유전자 덕에 이렇듯 크고 작은 뜻밖의 행복을 누리고 있다.

꽃의 특성에 맞게 주면 이렇게 싱싱하고 예쁘게 자라는 걸 여태껏 이틀에 한 번씩 일괄적

으로 물을 주었으니 내가 꽃들에게 무슨 폭력을 가한 건가

어떤 사람은 칭찬을 많이 해 주어야, 어떤 사람을 가만히 지켜보아야 활짝 피어난다. 어떤 사람은 목표를 비현실적으로 높게 잡아야, 또 어떤 사람은 목표를 낮게 잡아 조금씩 이루어 가는 재미를 느껴야 더욱 분발하게 된다.

능력과 특성의 최대치를 발휘하고 살려면 낙타는 사막에, 호랑이는 숲에 있어야 한다. 반드시 그렇게 해야 한다. 우리집 베란다 꽃처럼 제자리에서 가장 예쁘고 향기롭게 피어나려면 말이다.

토론방향 : 긍정적 사고방식과 용기의 동반 상승적 상관관계에 대해 연구해 본다.

Part 2

교수 · 학습활동

주제 : 늦깎이의 즐거움

요점 :
① 몰입의 행복
② 접점을 찾으려는 노력의 아름다움
③ 기회를 놓치지 말자.
④ 스스로에게 최선을 다했다고 당당하게 말하라.
⑤ 내 학위의 여러 공동수여자들
⑥ 아무리 바빠도 놀 시간은 있다.
⑦ 도울 기회가 생기면 절대 지나치지 말자.
⑧ 가르치는 것은 배우는 것이다.
⑨ 검색 대신 사색을 해 스스로 답을 찾자.
⑩ 그때 그것도 해봤는데 이것쯤이야.
⑪ 스스로 생각하고 답을 찾아 몸부림치는 게 최선의 방법이다.
⑫ 사색도 연습이고 훈련이다.
⑬ 남에게 맡긴 삶의 방향키를 돌려받자.

요점 :
⑭ 내 배의 선장으로 떠날 준비는 되어 있는가?
⑮ 나를 좋아하지 않는 사람들의 말에 상처 받지 않는다.
⑯ 하느님은 악플을 통해 나에게 무엇을 알려 주시려는 것일까?
⑰ 인품과 성숙도는 약한 자에게 어떻게 대하는가에 따라 가름된다.
⑱ 평생 갑, 혹은 을로만 사는 사람은 단 한 사람도 없다.
⑲ 몽땅 다 쓰고 가자.

본문

우리가 연구하는 목적은 현장에서 너무나 당연히 그럴 거라고 생각하는 것을 정말 그럴까라는 의문을 가지고 캐내고 밝혀내는 거죠. 끝까지. 바닥이 드러날 때까지 물고 늘어지는 거예요. 그러면 유의미한 결론이 나오죠.

"비야 씨는 하버드대학교 졸업생이라는 간판이 필요한가요? 아니면 인도적 지원 분야에 대한 제대로 된 공부와 그 분야의 교수 및 선후배 간의 연대가 중요한가요?" 그 한 마디로 하버드대학교에 대한 미련은 완전히 접었다.

내게 친절을 베풀어준 사람에게 되갚고 싶지만 그럴 확률은 낮으니 내 눈앞에 있는 사람에게 내가 할 수 있는 친절을 베푸는 거다. 그게 바로 사람과 사람으로 이어지는 친절의 선순환일 거다.

생각하라! 생각만이 네가 원하는 게 무엇인지 알게 해 줄 뿐 아니라 그걸 찾아가는 과정에서 겪는 어려움을 견디게 해줄 것이다.

거친 바다에서 힘 한 번 쓰지 않고 편안하게 왔지만 그 대가로 항해 중 노련한 사공이 될 기회를 놓쳤고, 원하지 않은 항구에 도착했으며, 다시는 꿈꾸던 항구로 돌아갈 수 없게 되었다.

방향키를 잡았다면 명실 공히 당신 배의 선장은 당신이다. 세상이라는 거친 바다에 맞서야 하는 두려움과 외로움도 당신 것이고 그것을 헤쳐 나갈 용기도 당신 것이며 힘든 항해 후에 마침내 닿을 항구도 당신 것이다.

토론방향 : 학업 열정이 현장에서의 치열함으로 발전하는 실천적 과정에 대해 연구

Part 3

교수 · 학습활동

주제 :	오지(奧地)의 현장 일기
요점 :	① 구호팀장인 내 몸에서도 난민들의 땀과 눈물과 고통의 냄새가 진동해야 마땅하다. 그게 내가 여기 있는 유일한 이유이다. ② 사하라사막의 크기는 미국 영토만 한데 이 사막을 통해 서아프리카 사람들은 교역을 하고 이슬람교를 들여오고 문화를 꽃피웠다. ③ 빨리 가려면 혼자 가고 멀리 가려면 여럿이 가라. ④ 거미줄도 모이면 사자를 묶는다. ⑤ 도와주면서도 욕을 먹는 걸 잘 견뎌야 구호 일을 계속할 수 있다. 내 목숨을 걸어야 다른 사람 목숨을 살린다. ⑥ 말이 안 통하니 저절로 입은 꼭 다무는 대신 눈과 귀가 활짝 열린다. ⑦ 노예사냥은 부족 간의 전쟁 중 잡혀 온 포로들을 럼주나 돈을 받고 백인들에게 팔아넘긴 데서 시작 되었다. ⑧ 노예생활에 길들여진 노예들은 주인의 명령을 따르는 것 외에 아무것도 할 줄 모르는 내가 자유인이 되면 굶어 죽을 게 뻔하다. 그러니 차라리 노예로 사는 게 편하다고 말한다. ⑨ 섭씨 45도를 넘나드는 더위 속에서 우리는 안전 때문에 두꺼운 쇠로 만들어 통풍이 전혀 안 되는 방탄조끼를 종일 입고 다녀야 했다. ⑩ 화급한 구호 현장에서 비슷한 보고서를 여러 건이나 쓰도록 강요하는 지원기구의 행정편의주의 ⑪ 누구를 위한 구호인가? 그 답은 현장에 있다.

본문

내 아프리카에 대한 최초 이미지는 밀림과 대초원을 무대로 한 동물의 왕국이었고 오랫동안 그게 아프리카의 전부인 줄 알았는데, 알고 보니 모두 동아프리카 이미지였다.

흑인들 피부색도 그냥 다 까만 게 아니라 에티오피아 사람들처럼 옅은 아메리카노 같은 커피색부터 수단사람들처럼 먹물같이 까만색까지 천차만별이다.

노예제도가 폐지된 1870년까지 400여 년 동안 서아프리카에서 끌려간 흑인 노예는 최소한 1,500만 명. 노예제도가 사라지면서 대규모 노예무역은 사라졌는지 모르지만 아직도 그 그림자는 짙게 남아있다.

서아프리카 국가에서 새로 발견된 천연자원 개발이나 새로 시작하는 대규모 공사는 무조건 프랑스가 우선 협상할 권리를 가진다. 다른 나라에서 아무리 좋은 조건, 낮은 가격을 제시해도 프랑스가 맡지 않겠다고 하기 전에는 협상조차 할 수 없다.

어떻게든 견뎌내자. 이 성난 파도가 나를 괴롭히는 것 같지만 실은 날 노련한 사공으로 만들고 있는 거다. 이 거친 바다를 지나 반대편 항구에 닿을 때면 나는 떠나기 전보다 훨씬 단단하고 노련한 사공이 되어 있을 거니까.

얼룩말을 쫓는다고 다 잡는 건 아니지만, 쫓는 사람만이 잡을 수 있다.

아프리카에는 어느 마을이든지 말 잘하는 할머니, 할아버지가 있다. 그 어른들은 달밤에 커다란 나무 밑에서 마을 사람들을 모아놓고 부족과 대가족의 역사에 대한 서서를 읊으면서 인생의 진리와 사람의 도리와 선조로부터 내려온 지혜를 얘기하곤 한다.

웃기고 있네. 너희들은 우리 난민들의 얼굴을 팔아서 걷은 돈으로 월급 받아 잘 먹고 잘 살고 있잖아? 그러니 시키는 대로 하란 말이야!

죽을 때까지 어떤 냄새를 맡을 때마다 저 마음 깊숙한 곳에 웅크리고 있는, 치료되지 않은 상처가 비명을 지르며 몸부림 칠 거란다. 그러니 그때마다 지금처럼 악몽에 시달리며 진땀에 흥건히 젖을 것이다.

토론방향 : 생사를 넘나드는 험한 오지에서도 기꺼이 구호활동에 최선을 다하는 저자의 진정한 용기는 어디에서 나오는가?

Part 4

교수 · 학습활동

주제 : 바람의 딸에서 빛의 딸로

요점 :
① 우리는 자신이 생각하는 것보다 더 풍부한 잠재력을 지니고 있다.
② 긴급구호는 인도적 지원의 6단계 중 하나일 뿐이다.
③ 구호활동가와 인도적 구호활동가의 차이.
④ 어렵더라도 원칙을 지키는 것이 최선이다.
⑤ 청중들과 에너지를 주고받는 강의
⑥ 강연도 기승전결이 있는 하나의 퍼포먼스로 만들어야 메시지가 잘 전해진다.
⑦ 특강이 주는 최대의 기쁨은 강의를 들은 후 자기 삶이 변했다는 사람들을 만나는 일이다.
⑧ 인간에게 가장 필요한 것은 햇빛, 공기, 물이라고 한다. 우리는 이 세 가지를 누리고 있다. 누구에게나 기본적 요건은 갖추어진 것이다.
⑨ 산행은 최대한 흔적 없이 다녀와야 한다.
⑩ 당신의 백락은 누구십니까?
⑪ 장막을 걷는 자는 누구일까?
⑫ 지금 하고 있는 그 한 가지 일에 있는 힘과 시간을 몰아주어야 한다.

본문

"저 마욘화산 참으로 아름답지요?" "아름다우면 뭐해요. 성질이 사나워서 저렇게 주기적으로 화를 내고 있는데" 짐짓 투덜대는 투로 대답했더니 할머니가 정색을 하며 말을 잇는다. "화를 내는 게 아니라 노래를 부르는 거예요. 이루지 못해 가슴 아픈 사랑 노래를 부르는 거예요. 이루지 못해 가슴 아픈 사랑 노래를."

쓰레기를 함부로 버리는 놈, 자기는 쓰레기를 버리지 않지만 남의 쓰레기를 줍지는 않는 사람, 자기가 버리지 않는 것은 물론 남이 버린 것까지 주워 오는 분

평생 산에 다니면서 온갖 좋은 것을 얻어서일까? 요즘 산에 갈 때마다 산의 아름다움에 탄복하는 만큼 이 아름다운 산을 어떻게 유지해야 하나 하는 염려가 든다.

"한 선생, 갈 길이 멀었으니 부디 달콤한 사탕을 경계하시오."

누군가는 배를 만드는 기술을 가르쳐야 하지만 또 누군가는 그 배를 타고 나가 만나게 될 바다 끝 지평선과 도착할 세상에 대해 말해야 한다.

아 맞다. 딩카족의 성인식과 천주교 세례식은 내용과 형태는 다를지언정 새로운 신분과 이름으로 다시 태어난다는 점에서는 같은 거였구나.

내 주위의 세상을 환하고 따뜻하게 비추는 사람, 같이 있으면 괜히 기분이 좋고 힘이 나는 사람, 생각만 해도 정신이 번쩍 들면서 동시에 온기가 느껴지는 사람, 이렇게 살면 얼마나 좋을까?

장막을 걷는 자는 누구일까? 빛을 만드는 자가 아니라 이미 존재하는 환한 빛과 그 빛이 필요한 사람들 사이를 이어주는 사람일 거다.

토론방향 : 나의 백락은 누구인가? 아직 만나지 못했다면 어떤 백락을 원하는가?

① 긍정적 사고방식은 적극적인 용기를 북돋우는 생의 원동력임을 이 책은 강조하고 있다. 실패를 두려워하지 않는 도전정신은 자신에 대한 신뢰를 기반으로 하는 자아의 발전과 완성의 첨병이다. 그것은 곧 문학치유가 목표로 하는 이상적 경지이기도 하다.

② 노예적 삶과 주체적 삶의 차이를 극명하게 제기함으로써 자아의 가치를 스스로 높일 수 있게 촉구하는 것 역시 이 책이 우리에게 전하는 강력한 메시지이다. 노예적 삶은 자아가 억류되고 실종된 죽음이나 다름없는 '시간 죽이기'에 지나지 않는다. 주체가 없는 삶은 자신의 것이 아니다. 한번뿐인 생에 있어서 스스로 주체가 되어 추구하는 삶을 누린다는 사실은 문학치유의 핵심적 과제가 달성되었음을 의미한다.

③ 일상적 매너리즘에서 탈피해 본연의 자아에 새롭게 눈뜨는 것은 그 신선한 만큼이나 생기 찬 자기치유를 실현한다. 무의식 속에는 억압의 잔재인 부정적 부분도 존재하지만, 새롭고 활달한 욕구도 넘친다. 그 욕구를 건전하고 창조적인 방향으로 발휘하는 것은 발전적 치유의 근간이다.

④ 이 책의 저자는 여행전문가이자 국제구호활동가로 알려져 있다. 자기의 삶과 더불어 이웃에 봉사하는 삶을 동시에 추구하는 이상적인 생활인이다. 건전하고 창조적인 가치를 실현하는 삶은 그 자체만으로도 효과적 치유를 이루고 있는 것이다.

note book

용기(勇氣)란 '씩씩하고 굳센 기운 또는 사물을 겁내지 않는 기개'를 뜻한다. 중요한 것은 어떻게 용기를 낼 것인가, 어떨 때 용기를 내야 하는가이다. 내가 생각하는 용기는 무엇인지 한번 정리해보자.

주

1) 변학수,「문학의 내재적 치유력과 문학치료」,『치유의 문학』, 학지사, 2008. p.179.

2) 미국의 벤자민 러쉬가 정신병원에서 문학을 텍스트로 한 치료 효과를 체험한 것을 필두로, 프랑스에서 1800년경 사드후작이 연극을 통해 효과를 본 치료결과를 발표한다. 한편 1803년 독일의 라일(Reil)은 정신질환자들에게 독서치료를 시도했다. 나아가 1903년 슈레버는 쓰기치료를 통해 경험한 치료효과를 토대로『어느 신경증 환자의 회고록』을 발표했다.

3) C. G. Jung 편저, 정영목 역,『사람과 상징』, 까치, 1995, p.99.

4) Mieke Bal, 한용환/강덕화 역,『서사란 무엇인가』, 문예출판사, 1999, p.251.

5) 변학수,『통합적문학치료』, 학지사, 2006, p.45.

6) 김현희 외 공저,『독서치료』,학지사, 2006, pp.29-30.

용어 해설

➤ 톺아보다.

톺아보다는 사물을 꼼꼼히 살펴서 그 실체를 온전히 파악하는 것을 뜻하는 동사로 "틈이 있는 곳마다 모조리 더듬어 뒤지면서 찾다"의 '톺다'와 "샅샅이 톺아가며 살펴보다"가 합하여 이루어진 순 우리말이다. 본 교재에서는 독해자료의 핵심과 그 배경에 대해 세심하고 정밀하게 파악한 다음 심층적 토론에 들어가기 위한 장치로 각 단원마다 <핵심 톺아보기>를 설정해 놓았다.

➤ 치유

흔히 '치유'와 '치료'를 같은 말로 혼동하고 구분 없이 사용하기 쉽다. 그러나 두 단어는 현격한 차이를 지니고 있다. 치료는 국소적 환부를 집중적으로 제거하는 대증요법으로 그때그때 환자의 증상을 쫓아내는 것이라면 치유는 몸과 마음 전체의 유기적 리듬 속에서 병의 원인을 찾아내 근본적으로 다스리는 것을 가리킨다. 이를테면 병이 발생한 근원으로 거슬러가서 그 병인에 따른 저항력을 길러주어 몸 스스로 병원체를 물리치도록 도와주는 역할을 한다. 치료가 물리적 개입을 수단으로 한다면 치유는 심리적 동조를 방편으로 한다. 사람의 병은 몸과 마음의 합작인 경우가 많다. 마음이 상하여 그 여파가 몸으로 나타나는 경우도 다반사다. 그런 마음을 깊숙이 들여다보고 그 아픔의 원인을 어루만지고 씻어주는 것이 치유다. 치료는 마취에 의한 일시적 진통에 의존하지만 치유는 환자의 마음을 어루만지는 따뜻한 영혼의 손길이 집도(執刀)이다. 따라서 마음을 다스리고 그 상처를 어루만지는 정신건강 요법에 속하는 문학치유는 신체의 병을 고치는 데 사용해 온 '치료'라는 용어보다 '치유'라는 개념을 적용하는 것으로 일반화되고 있다.

➤ 억압(抑壓, : repression, (독)Verdrängung)

심리학 용어로 자아를 위협하는 소망이나 충동이 의식으로부터 제제 당해 무의식 속에 갇혀 있으며 끊임없이 의식의 표면으로의 탈출을 시도한다. 정신분석의 자아의 방어기제 중 가장 기본적인 것이다.

➤ 아프락사스

그리스신화에 나오는 신으로 신적인 성향과 악마적 성향, 선과 악 양면성을 지닌 존재이다. 데미안에서 헤세는 선과 악의 이분법적 불완전성을 비판하고 선과 악이 일체적 합성으로 공존하는 일원론적 초극을 추구하면서 아프락사스를 그 상징적 존재로 차용한다.

➤ 회복탄력성

영어 "resilience"을 번역한 용어로 심리학, 교육학, 사회학 등 다양한 분야에서 다루고 있는 인간의 탄력적 자기 관리능력을 일컫는다. 자신의 능력을 신뢰하는 긍정심리가 그 바탕을 이룬다. 마이너스를 플러스로 바꾸는 역경과 시련의 효과적 극복방법으로 암울한 현실에 구애 받지 않고 스스로 기회를 창출해 나가는 정신적 탄력성이 그 원천적 힘이다. 실패나 불행조차도 성취와 행복의 계기나 요소로 삼을 만큼 강인하고 건강한 생명력을 이른다.

➤ 징비

'징비'란 『시경』 소비편(小毖篇)의 "스스로를 징계해서 후환을 경계한다(予其懲而毖後患)"라는 구절에서 발췌하여 유성룡이 자신이 쓴 책의 제목으로 사용하였다. 징비록은 임진왜란의 전사를 기록한 역사서로 국가와 자신의 통절한 반성을 통해 유비무환의 경각심을 강조함으로써 후일의 지침으로 삼고자 쓰여진 우국충정의 혈서다.

▶ 상처와 변화

몸에 난 상처는 시간이 지나면 아물고 대개 흔적도 없이 지워지곤 한다. 그러나 보이지 않는 마음의 상처는 쉽게 사라지지 않고 오히려 쌓이기 쉽다. 더욱 심각한 것은 대부분이 그 사실을 제대로 모른다는 점이다. 그리하여 그 상처는 치유하기 어려운 정신적 장애로 평생 자신은 물론 이웃을 괴롭히기에 이른다. 가족은 대개 그 상처의 주범이자 공범으로 드러나지 않은 상처의 후유증을 공유하는 공동운명체다. 변화는 상처를 스스로 혹은 집단적으로 상처의 심각성을 인식하는 데서부터 시작 된다. 그리하여 자신과 상대를 객관적으로 분석하여 그 반성을 바탕으로 가족을 이해하고 배려하는 데까지 이른다. 이른바 변화의 힘이다. 변화는 자신과 가족의 상처를 치유하는 청신호이다. 상처의 치유는 곧 변화의 산물이다.

▶ 백락(伯樂)

본명은 손양(孫陽). 중국 춘추전국시대에 말을 감정하는 상마가(相馬家)라는 직업에 종사하던 사람으로 그 안목이 빼어나서 그가 고르는 말은 하나같이 명마였다고 한다. 그러기에 손양보다 백락이라는 별명으로 더 알려지기에 이르렀다. 그처럼 사물에 대한 견식이 장인의 경지에 이르렀을 때 흔히 백락이라는 표현을 쓴다. 한편 나를 진정으로 이해하고 알아봐 주는 스승이나 지기를 일러 백락이라고 하기도 한다.

읽기 도서목록

『나의 라임오렌지나무』, J.M. 바스콘셀로스

『데미안』, 헤르만 헤세

『지적 대화를 위한 넓고 얕은 지식』, 채사장

『당신이 알아야 할 한국사 10』, 서경덕과 한국사 분야별 전문가

『동과 서』, EBS 제작팀 · 김명진

『회복탄력성(回復彈力性)』, 김주환

『가족의 발견』, 최광현

『징비록(懲毖錄)』, 유성룡

『1그램의 용기』, 한비야

참고도서

『통합적 문학치료』, 변학수, 학지사

『독서치료 어떻게 할 것인가』, 이영식, 학지사

『시치료 이론과 실제』, Nicholas Mazza, 김현희 외 공역, 학지사

『독서치료』, 김현희 외 공저, 학지사

『서양철학사』, 버트런드 러셀, 을유문화사

『서양의 지적 운동』, 김영한・임지현 편, 지식 산업사

『동양사 강의 요강』, 민두기 외, 지식산업사

『서양문화사』, 민석홍, 나종일, 서울대학교 출판부

『동양문화』, 존 k, 페어뱅크 외, 을유문화사

『문학과 예술의 사회사』, 아르놀트 하우저, 백낙청・염무웅 역, 창작과 비평사

『서양미술사』, 에른스트 H, 곰브리치, 예경

『한국사 신론』, 이기백, 일조각

『詩論』, 윤제근, 둥지

『현대 서술 이론의 흐름』, 주네트 외, 솔

『새로운 정신분석 강의』, 프로이트, 임홍빈・홍혜경 역, 열린책들

『정신분석 입문』, 프로이트, 정성호 역, 오늘

『융 심리학 입문』, 융, 최현 역, 범우사

『무의식 분석』, 융 (설영환 역), 선영사

저자 __ 박경자

조선대학교 국어국문학 박사과정과 동신대학교 한국어교원학 박사과정을 이수하는 동안 문학, 심리학, 교육학을 통합한 문예비평과 시창작을 공부하였으며, 문학치유에 관한 본격적인 탐구의 일환으로 박사학위논문도 <시치유 텍스트로써의 김현승 시연구>를 주제로 삼았다.
현재 조선대와 동신대에서 문학의 이해, 독서치료, 글쓰기지도 등을 강의하고 있으며, 문화관광부에서 주관하는 '병영 독서코칭' 강사로도 선정되었다.
한국독서치료학회 정회원, 한국문인협회와 한국아동문학회 이사이다.

저서로는 대학교재 <동양문학의 이해와 감상>과 대표시집 <오래 묵은 고요>(필명 : 박자경, 2010)가 있으며, 논문으로 <김현승 시 주술성 연구>, <문학치유의 미래적 가치 제고>, <판소리를 통해 본 통합문학치유>, <외국인을 대상으로 하는 시문학 교육방법>, <청마시의 원형적 비평연구>, <노천명 시어의 상징성 연구> 등을 발표했다. 문학치유에 관한 논문을 엮은 <동양고전과 문학치유>의 출간을 준비 중이다.

E MAIL : luvpoem@hanmail.net

독서토론 수업의 길라잡이

독서토론과 문학치유

초판1쇄 발행 2016년 2월 22일
초판2쇄 발행 2017년 3월 13일
저 자 박경자
펴낸이 이대현
편 집 오정대
펴낸곳 도서출판 역락 | 등록 제303-2002-000014호(등록일 1999년 4월 19일)
주소 서울시 서초구 동광로 46길 6-6 문창빌딩 2층
전화 02-3409-2058(영업부), 2060(편집부) | 팩시밀리 02-3409-2059
전자우편 youkrack@hanmail.net
역락 블로그 http://blog.naver.com/youkrack3888
ISBN 979-11-5686-297-0 03800

정 가 12,000원
■ 파본은 교환해 드립니다.

이 도서의 국립중앙도서관 출판시도서목록(CIP)은 서지정보유통지원시스템 홈페이지(http://seoji.nl.go.kr)와 국가자료공동목록시스템(http://www.nl.go.kr/kolisnet)에서 이용하실 수 있습니다.(CIP제어번호 : 2016004032)